Johnny Buterland

Lichterfahrt

An einem nebligen Morgen nach dem Lichterfahrtfest wird am Dreiländersee in Gronau die Leiche einer jungen Frau gefunden.

Terry Westhues und Lou van Reef als Kommissare des GPT (Grenzüberschreitendes Polizeiteam) ermitteln in einem spannenden Kriminalfall an der deutsch-niederländischen Grenze. Dabei geraten sie in ein gefährliches Dickicht von Baulöwen, Erpressung, Korruption und Verfolgungsjagden in der Euregio.

Der Autor

Johnny Buterland wurde 1954 in Marienfeld (Ostmünsterland) geboren.

Nach Krankenpflegeausbildung und Medizinstudium in Berlin folgten ärztliche Tätigkeiten u.a. als Chefarzt und zuletzt eine langjährige Praxisausübung als niedergelassener Facharzt.

Der Autor lebt in Münster und Gronau.

Lichterfahrt

Der Euregiokrimi

Johnny Buterland

www.wunnebar.com

Personen und Handlung sind frei erfunden. Ähnlichkeiten mit lebenden oder toten Personen sind rein zufällig und nicht beabsichtigt.

Bisherige Veröffentlichungen:

Wunnebare Menschen

Portraits in Schwarz-Rot-Oranje

ISBN 978-3-7412-7706-1

Impressum

Bibliografische Information der Deutschen Nationalbibliothek:

Die deutsche Nationalbibliothek verzeichnet die Publikation in der

Deutschen Nationalbibliografie; detaillierte bibliografische Daten sind im Internet unter http//dnb.de abrufbar

© www.wunnebar.com 2016, Münster

Umschlaggestaltung : ideart-agentur, Münster

Herstellung und Verlag:

BoD - Books on Demand, Norderstedt

ISBN: 978-3-7431-2774-6

Für Lina, Max, Hille, Verena, Matthias, Ella und ....

„With a little help from my friends"

The Beatles, Joe Cocker

Kapitel 1

Werner Libuda schaut aus seinem Mobilheim am Drilandsee und sieht nur Umrisse, denn der Frühnebel und der Nieselregen umhüllen noch die Nachbarschaft. Es ist ausgesprochen ruhig an diesem Sonntagmorgen um 6.30 Uhr.

Alles wirkt noch sehr verschlafen, er selbst spürt auch noch einen leichten Kater nach dem schönen Abend. Mit seiner Frau Hedwig und einigen Nachbarn und Freunden aus dem Mobilheimpark hatten sie das Lichterfahrtfest besucht und es war schon feucht-fröhlich zugegangen. War vielleicht doch ein Bierchen zu viel gewesen, so dass es ihn jetzt aus dem Bett trieb. Sein Hausarzt hatte schon früher nur lakonisch gemeint, das sei wohl die senile Bettflucht ab einem bestimmten Alter. Auch sein bester Freund Sammy hatte schon erwartungsvoll die Schnauze erhoben und erwartete einen baldigen Aufbruch nach draußen. Die Feuchtigkeit und der Nebel wirkten allerdings nicht sehr einladend.

Nach einer kurzen Katzenwäsche holte er sich die festen Schuhe und den wasserdichten Anorak um dann die Außentür zu öffnen und sich auf den gewohnten morgendlichen Gang mit Sammy, seinem geliebten Golden-Retriever, zu machen. Das war heute doch mehr eine Pflichtübung statt des sonstigen Vergnügens. Trotz des Nebels konnte er auf den ersten Metern in Richtung See noch das ungewohnte Bild mit zahlreichen Vergnügungsbuden und einer Menge von Booten im Segelhafen erkennen. Fast 10 000 Zuschauer sollen es gestern gewesen sein, die sich am Nachmittag und am Abend die Lichterfahrt 2016 angesehen haben oder sogar selbst aktiv beteiligt waren.

Allerdings musste er schon gut aufpassen, da die Wege durch die Feuchtigkeit sehr matschig waren und auch einiges an Müll im Laufe des Tages noch entsorgt werden musste. So gingen sie entlang des Sees am Aussichtspunkt vorbei in Richtung Segelhafen und Campingplatz. Auch dort war es noch ganz ruhig, nur an den Waschräumen war erster Betrieb und die Beleuchtung schimmerte durch den Nebel.

Am Hafen selbst war gestern viel Betrieb, die zahlreichen Aktiven starteten von hier ihre mit Lichtern geschmückten Boote und hofften auf eine gute Platzierung als Lohn für ihre kreativen Ideen und vielen Bastelstunden.

Neben dem Hafen schloss sich dann der Sandstrand und ein Steg an. Dort konnten die Zuschauer für den guten Zweck eigene Lichter auf das Wasser setzen und für Lichtblicke sorgen.

In der Nähe des Sandstrands war die große Bühne aufgebaut. Dort führten die Moderatoren durch die Veranstaltung und es wurde ein kurzweiliges Programm mit großer Vielfalt geboten. Neben den Vereinsräumlichkeiten erstreckt sich das Gelände des beliebten Hafencafés. Dort hat man einen herrlichen Blick auf den See und kann bei besserem Wetter auch von den Sonnenterrassen das Leben bei gastronomischen Leckerbissen genießen.

Jetzt war jedoch alles abgedunkelt, auch die in den oberen Etagen befindlichen Hotelapartments und die im Nachbarhaus befindlichen Ferienwohnungen lagen alle im Nebel und Dunkel.

Die zahlreichen sonst auch um diese Zeit am Ufer zu sehenden Angler mit ihrer vielfältigen Ausrüstung waren heute auch weggeblieben und zogen offenbar die Wärme des eigenen Bettes noch vor.

Selbst der kleine Laden am Campingplatz, wo man die kleinen Dinge des täglichen Lebens erwerben konnte, würde heute erst ab 8 Uhr öffnen und leckere Brötchen für ihr Sonntagsfrühstück anbieten. Darauf freute er sich schon und seine Hedwig wäre sicher dankbar, wenn sie mit frischen Brötchen und dampfendem Kaffee empfangen würde.

So begann er seine Runde mit Sammy voran. Er bog dann vom See ab in Richtung Brechter Straße, um diese zu queren und über eine Joggingstrecke und am Reitweg vorbei einen Abstecher am Rande des Rüenberger Forstes zu machen.

Wegen der schlechten Sicht hatte er dann aber doch den Kontakt zu Sammy verloren und rief den nicht mehr angeleinten Rumstreuner.

Als keine Reaktion kam ging er weiter in die Richtung in die Sammy zuletzt gelaufen war. Er stolperte leicht und wäre fast über Äste und einen kleinen Steinhaufen gefallen, der noch am Rande des Weges aufgehäuft lag. Dann hörte er Sammy bellen ohne dass der seine Position veränderte. Deshalb lief er weiter in dessen Richtung um nachzusehen, was es denn dort gab.

Plötzlich stieß er auf etwas Metallisches und erkannte die Umrisse eines Fahrrades. Ganz in der Nähe hatte Sammy Platz genommen und meldete seinen Fund.

Werner Libuda ahnte schon Böses als er sich den Fund näher ansah. Sein schlechtes Gefühl hatte ihn nicht getrogen. Da lag ein menschlicher Körper regungslos am Boden.

Zur Orientierung nahm er seinen Mut zusammen und fühlte an der Halsschlagader, ob dort noch ein Pulsschlag zu tasten war und beugte sich ganz nah an Mund und Nase in der Hoffnung, noch ein Atemgeräusch wahrzunehmen. Sprachlos vor Entsetzen merkte er sofort, dass es sich aber um eine schon abgekühlte Frauenleiche handelte.

Ohne Zögern fühlte er in seine Anoraktasche, merkte aber sofort, dass er sein Handy im Mobilheim gelassen hatte. Also schnell Sammy anleinen und im flotten Schritt zurück, um die Polizei zu benachrichtigen, für einen Rettungswagen war es definitiv zu spät. Der Weg zum Platz dauerte länger als gewünscht, weil sich der Nebel, die Dämmerung und das unebene Gelände als echte Hindernisse erwiesen.

Zurück im Wochenendhaus schnappte er sich schleunigst das Handy und benachrichtigte die Polizei über seinen schrecklichen Fund.

Mit dem diensthabenden Polizisten der Leitstelle verabredete er einen Treffpunkt am Brechter Weg, um dann die Beamten an den Fundort führen zu können.

Mittlerweile hatte seine Frau die morgendliche Aufregung natürlich mitbekommen und er berichtete in knappen Worten über sein Erlebnis. Danach kraulte er noch einmal Sammy, ging aber ohne ihn zurück zur Brechter Straße, um dort die Polizei an die richtige Stelle zu führen.

Kapitel 2

Verschlafen drehte sich Terry zum Telefon um und bemühte sich, freundlich am Apparat zu klingen. Nach einem kurzen Moment der Orientierung vernahm Terry die Stimme der Polizeileitstelle in Gronau. „Wir haben eine Frauenleiche am Dreiländersee gefunden. Bitte kommen Sie direkt zum Brechter Weg, eine Polizeistreife ist bereits vor Ort. Ihr Kollege van Reef ist bereits informiert und fährt direkt zum Fundort."

Mit einem kleinen Blick zur Seite nahm sie wahr, dass ihr Lebensgefährte Klaus ebenfalls von dem Anruf geweckt worden war und sie fragend anschaute. Das war es dann wohl mit einem gemeinsamen Sonntagsfrühstück.

Aber das kannten sie beide schon, beim Bereitschaftsdienst hilft kein Lamentieren. Dann also kurz ins Bad, etwas frisch machen und zügig Regenklamotten und festes Schuhwerk anziehen.

Hoffentlich gab es später Gelegenheit etwas Kaffee zu trinken und ein Brötchen zu erhaschen.

Sie ging noch einmal zum Bett zurück und küsste Klaus zum Abschied: „Wir haben einen Einsatz, ich weiß nicht, wann ich mich wieder melden kann. Mach dir trotzdem einen schönen Sonntag."

Mit zügigem Schritt verließ sie die Wohnung in der Gronauer Veilchenstraße und ging die wenigen Schritte zur Polizeistation zu Fuß, wo sie ihren Dienstwagen gut abstellen konnte. Das war schon sehr praktisch, die Wohnung unmittelbar neben der Dienststelle zu haben. Ihr Kollege Lou van Reef würde sicher mit seinem Motorrad direkt aus Losser (NL) zum Tatort fahren.

Auf der Straße war noch nichts los. An diesem widrigen und nassen Sonntagmorgen würden sich die meisten noch einmal im Bett umdrehen und weiterschlafen.

Der Weg zum Dreiländersee war sehr einfach, da sie nur die Gildehauser Straße geradeaus fahren müsste. Vor Ort könnte sie sich an den Einsatzfahrzeugen orientieren.

Nach wenigen Minuten erreichte sie die angegebene Stelle und wurde dort schon von der Besatzung des Streifenwagens erwartet. Der Fundort war bereits mit Polizeiabsperrbändern abgesichert.

Sie nahm Kontakt auf zu den Kollegen.

„Was könnt ihr mir denn schon sagen?"

„Am Rande der Brechter Straße wurde eine weibliche Leiche neben einem Fahrrad liegend gefunden. Bei einem Morgenspaziergang wurde sie von dem Campingplatzgast Werner Libuda gefunden, nachdem sein Hund Sammy angeschlagen und er nachgeschaut hatte. Herr Libuda steht dort hinten und kann persönlich weitere Auskünfte geben."

In diesem Moment hörte sie schon das Motorradgeräusch, mit dem sich ihr Kollege vom GPT (Grenzüberschreitendes Polizeiteam der Euregio) ankündigte. Mit schnellem Schritt kam Lou auf sie zu und versuchte sich zu orientieren.

„Hallo Lou, bist du auch schon am frühen Morgen aus dem Bett geschmissen worden?"

„Ja, leider, was kannst du mir denn schon sagen?" kam zurück mit dem typisch niederländischen Akzent, den sie sehr an ihm mochte.

„Ein Camper hat heute Morgen beim Gassi gehen eine weibliche Leiche gefunden. Im Moment sieht alles nach einem tragischen Unfall aus, alles Weitere müssen wir dann untersuchen. Die Spurensicherung und Rechtsmedizin sind unterwegs und können uns hoffentlich weiterhelfen."

Da kam schon das Team von der Spurensicherung, der Rechtsmediziner würde wohl noch einen Moment auf sich warten lassen wegen der Anreise aus Münster.

Der erste Augenschein zeigte ihnen eine junge Frau mit einem blutig verschmierten Hinterkopf und verdrehtem Oberschenkel. Sie war angezogen mit typischer Regenschutzbekleidung, die allerdings völlig verschmutzt und durchnässt war. In der Tasche des Anoraks fand sich ein Portmonee mit Papieren. Der Personalausweis war trocken und lesbar, es handelte sich um den Ausweis vom Melanie Horstmann mit Wohnsitz in der Alstätter Straße in Gronau.

Mittlerweile hatte sich das Team von der Spurensicherung bereits einen ersten Eindruck gemacht.

„Können Sie uns denn schon etwas sagen?" fragte Terry die Kollegen von der Spusi.

„Der erste Eindruck gibt Hinweise darauf, dass es sich um einen Unfall mit Fahrerflucht handelt. Wir haben am Brechter Weg Glassplitter gefunden und werden das Fahrrad auf weitere Spuren, insbesondere Lackspuren, untersuchen. Neben der Straße ist hier eine Menge Gehölz, es liegen Steine herum, die Fahrbahn ist uneben und heute Nacht war es nass und neblig. Allerdings hätte ein beteiligter Autofahrer auf jeden Fall die Kollision bemerken müssen, er ist aber offenkundig geflüchtet."

Nahe des Fundortes gab es inzwischen schon eine Menge von Schaulustigen vom umliegenden Mobilheim- und Campingplatz.

Aus dem Augenwinkel konnte sie auch erkennen, dass der Geländewagen von Prof. Dr. Birwe um die Ecke bog.

Da war er auch schon mit gewohnt eloquentem Auftreten. „Guten Morgen zusammen" begrüßte er die bereits am Tatort anwesenden Kriminalbeamten. „Dann treten Sie doch bitte zurück und lassen mich meine Arbeit machen".

Das war seine typische Art, nach außen hin immer ziemlich autoritär und herablassend wirkend, bei der Arbeit aber sehr treffsicher und detailversessen. Ganz akribisch machte er sich ein Bild von der Situation und untersuchte die Frauenleiche nach Anlegen eines Schutzanzuges und Überstreifen der Handschuhe.

„Können Sie uns schon etwas zur Todesursache sagen und wann ungefähr der Todeszeitpunkt gewesen sein muss?"

Terry wollte natürlich erste Anhaltspunkte für ihre Untersuchung herausbekommen. Aber wie immer hielt sich Prof. Birwe erst einmal zurück, um sich ein besseres Bild von der Situation machen zu können.

Nach der orientierenden Untersuchung vor Ort informierte Prof. Birwe dann Terry Westhues und ihren Kollegen van Reef vom GPT über seine erste Einschätzung.

„Leider lassen die äußeren Umstände mit kühler Nacht, Nebel und Nässe nur eingeschränkte Rückschlüsse zu. Nach meiner ersten Untersuchung hat die junge Frau eine Schädelhirnverletzung erlitten mit einer blutigen Kopfplatzwunde am Hinterkopf. Zusätzlich habe ich den Verdacht, dass sie sich beim Sturz auch eine Oberschenkelverletzung zugezogen hat. Näheres kann ich erst nach einer Röntgenuntersuchung sagen.

Vermutlich handelt sich um die Folgen eines Fahrradsturzes mit unglücklichem Aufprall auf die hier umherliegenden Steine oder Äste. Wegen der kalten Nacht und der Nässe ist der Todeszeitpunkt etwas schwierig einzugrenzen, dürfte aber zwischen Mitternacht und 1:30 Uhr nachts gelegen haben".

„Vielen Dank Herr Professor, das hilft uns zur Orientierung schon einmal weiter. Bitte melden Sie sich kurzfristig, sobald Sie uns mehr sagen können und die Obduktion abgeschlossen ist."

Kapitel 3

„Hallo Lou, lass uns mal die weitere Vorgehensweise miteinander besprechen."

„Ja, ich schlage vor, wir reden zunächst einmal mit Herrn Libuda, der die Leiche gefunden hat. Vielleicht kann er uns ja wertvolle Hinweise geben, der kennt sich sicher bestens aus hier am See."

„Hallo Herr Libuda, Sie haben uns ja schon sehr geholfen, dafür möchten wir uns bei Ihnen bedanken. Wir haben da noch einige Fragen an Sie, können wir die vielleicht im Trockenen in ihrem Mobilheim stellen?"

Im Mobilheim war es wirklich warm und trocken und Hedwig Libuda hatte bereits einen Kaffee aufgesetzt. Dafür waren die beiden Kriminalbeamten nach dem plötzlichen Aufstehen ohne Frühstück natürlich sehr dankbar. „Herr Libuda, Sie kennen sich doch am See bestens aus. Bitte schildern Sie uns Ihre Erlebnisse heute früh und erzählen uns auch, wie das gestrige Fest am See gelaufen ist.

Herr Libuda begann dann noch einmal ausführlich die morgendlichen Erlebnisse zu schildern.

Dabei strich er besonders noch einmal die Verdienste seines Golden-Retrievers hervor, auf den er sehr stolz war.

Danach schilderte er die Erlebnisse des gestrigen Tages, an dem sie viel Freude bei der Lichterfahrt am Dreiländersee gehabt hatten. In diesem Jahr wurde die Veranstaltung Lichterfahrt zum zweiten Mal nach 2014 am Drilandsee veranstaltet.

Umgangssprachlich sagt man ja Drilandsee.

Auswärtige Besucher verstehen oft gar nicht, warum immer von drei Ländern die Rede ist. Das liegt daran, daß der künstlich angelegte See direkt an der niederländischen Staatsgrenze im Westen liegt und im Norden am Seeufer bereits Niedersachsen beziehungsweise die Grafschaft Bentheim direkt angrenzt.

Die Lichterfahrt dient einem guten Zweck zugunsten der Aktion Lichtblicke.

Organisiert wird die Veranstaltung von einem Apothekerverbund, wo man auch Pakete mit einer Lichttüte, einem Teelicht und einer Anleitung erwerben kann. Am Tag der Lichterfahrt sollen dann so viele Lichter wie möglich auf den See hinausgleiten und ein schönes Bild abgeben.

Zusätzlich nehmen örtliche Vereine teil, die mit verschiedenen Schwerpunkten ebenfalls abwechslungsreiche Beiträge leisten.

Im Rahmen einer 8-Seen-Regatta gibt es auch sportlich ambitionierte Wettkämpfe mit Segelbooten, es werden Oldtimer am Seeufer platziert und Modellboote fahren ferngesteuert auf dem See herum.

Am gesamten Ufer des Sees ist für gastronomische Leckerbissen gesorgt. Man kann Musik hören, Minigolf- oder Boule spielen, Quad fahren oder die Kinder können an einem Luftballonwettbewerb teilnehmen.

Die größte Mühe geben sich in der Regel die Segelbootbesitzer, die mit großer Begeisterung und Ideenreichtum ihre Boote kreativ für die Lichterfahrt herausputzen und dann in der Dunkelheit mit Lichtern geschmückt ein wunderbares Bild abgeben.

Auf einer großen Bühne gibt es ein buntes Unterhaltungsprogramm mit Showelementen und Moderation durch den lokalen Radiosender. Ein besonders schönes Bild gibt es auch immer wieder durch eine Flugshow der Modellsportvereine aus Gronau und Bad Bentheim mit aufsehenerregenden Manövern über dem See.

Immer wieder werden die zahlreichen Zuschauer auch auf den Hintergrund der Aktion hingewiesen und es wird fleißig für den guten Zweck gesammelt.

Mit Bekannten und Freunden vom Mobilheimplatz hatten Herr und Frau Libuda an der Veranstaltung mit Freude teilgenommen und einen schönen Abschluss an der Seepromenade gefunden. Nebenbei aufgefallen war ihnen noch eine größere Gesellschaft im Hafencafé, wo sie die örtliche Prominenz mit Bürgermeister Bernhard Huesmann, mehreren Stadträten, Unternehmern aus der Region und auch Gästen aus den Niederlanden gesehen hatten. Am Rande einer solchen Großveranstaltung kann man sicher sehr gut informelle Treffen organisieren, ein paar Worte außerhalb der Tagesordnung miteinander reden und im besten Sinne Kontaktpflege betreiben.

Frau Libuda meinte, sie hätte auf dem gezeigten Personalausweisbild eine junge Dame wiedererkannt, die sie schon einmal im Hafencafé gesehen hätte.

Die Kommissare verabschiedeten sich dankend und beschlossen, der Sache unmittelbar auf den Grund zu gehen und im Café nachzufragen.

Dort war man trotz des anstrengenden Vortages schon ganz munter, da die Hotelgäste bereits ihr Frühstück einnahmen und durch den Abbaubetrieb der Veranstaltungsbuden und die fleißigen Vereinsmitglieder ein reger morgendlicher Betrieb begann.

Nach kurzer Anfrage wurden sie zur Geschäftsführerin des Hafencafés in ein kleines Büro geleitet. Im Café war schon bekannt geworden, dass ganz in der Nähe eine Frauenleiche gefunden worden war.

Terry Westhues holte den Personalausweis mit Lichtbild aus ihrer Tasche und zeigte ihn der Geschäftsführerin Frau Eckstein. Man konnte förmlich sehen, wie Frau Eckstein erblasste und offenkundig die junge Frau erkannte. Als sie sich wieder gefangen hatte erklärte sie dann mit tränenunterdrückter Stimme, dass sie die junge Frau kenne. Es sei eine studentische Aushilfe aus Gronau, Melanie Horstmann, die gestern Abend im Café gearbeitet habe. Sie sei für die Bewirtung der Gesellschaft um den Bürgermeister zuständig gewesen.

„Bis wann hat Frau Horstmann denn gestern hier gearbeitet?"

„Bei dem Trubel habe ich natürlich nicht exakt auf die Uhr geschaut, aber es müsste so zwischen Mitternacht und 1 Uhr gewesen sein."

„War ihnen gestern Abend etwas Besonderes an Frau Horstmann aufgefallen?"

„Eigentlich nicht, Frau Horstmann hat genau wie sonst ganz zuverlässig ihre Arbeiten als Bedienung ausgeführt. Am Rande habe ich einmal kurz mitbekommen, dass sie mit einem jungen Mann gesprochen hat, der sie lauter ansprach und recht verärgert wirkte. Es ist aber nur ein kurzer Augenblick gewesen und ich habe mir nichts weiter dabei gedacht."

„Können Sie mir sagen, wer von ihren Gästen ebenfalls nach Mitternacht von hier aufgebrochen ist und haben Sie vielleicht etwas Verdächtiges gehört?"

„Nein, bei der Vielzahl von Gästen ist es unmöglich, Näheres von der Abfahrt mit zu bekommen. Einen Shuttleservice in die Stadt gab es nicht aber mehrere Taxifahrten.

Die jungen Leute fahren ja in der Regel mit dem Fahrrad in die Stadt zurück. So hat das Melanie bisher auch immer gehalten und wir haben noch nie von einem Zwischenfall gehört."

„Wissen Sie etwas mehr von Melanie?"

„Ja, sie hat ein Zimmer in einer WG im Stadtzentrum und studiert wohl in Enschede Physiotherapie.

Die Eltern leben in der Nähe von Bielefeld."

„Im Moment bedanken wir uns ganz herzlich für Ihre Informationen werden uns aber sicher noch einmal bei Ihnen melden."

Kapitel 4

„Hallo Lou, wir sollten uns kurz abstimmen, wie wir weiter vorgehen wollen.

Ich schlage vor, dass ich mich zunächst mit den Kollegen in Bielefeld austausche und sie dann die Eltern über den Tod ihrer Tochter informieren.

Danach fahre ich dann in die Stadt zur Alstätter Straße und möchte mich in der WG umsehen und auch dort über den Todesfall informieren.

Es könnte uns weiterbringen, wenn du hier vor Ort noch weiter recherchierst, danach können wir ja kurz telefonieren und uns in der Wunne-Bar bei Lola treffen."

„Ja, das ist in Ordnung so, Terry. Ich werde mich hier vor Ort zunächst noch mit der Organisationsleitung austauschen und den Campingplatzwart mal etwas näher befragen."

Sie waren sich in solchen Absprachen eigentlich immer schnell einig. Gerade hier vor Ort könnte es auch sehr hilfreich sein, wenn Lou mit seinen niederländischen Sprachkenntnissen auch die holländischen Gäste in der Landessprache befragen könnte.

Auf dem Freizeitgelände gab es sehr viele Gäste insbesondere aus dem Ruhrgebiet aber auch aus Holland.

Sie waren es beide gewohnt, recht selbstständig zu agieren, wussten aber ganz genau, dass sie sich im Ernstfall absolut aufeinander verlassen konnten.

Die Besonderheit des Teams lag darin begründet, dass sie in einem grenzüberschreitenden Polizeiteam arbeiteten, welches vor einigen Jahren gezielt aufgebaut worden war. Auch die Kriminalität macht ja nicht an Landesgrenzen halt und die Polizei hatte ihre Strukturen der Sicherheitslage angepasst. Die Teamleitung des GPT (Grenzüberschreitendes Polizeiteam) lag in Enschede mit einer Nebenstelle in Gronau und einer Wache in der Nähe der Autobahn bei Gildehaus.

Sie hatten sich beide ganz bewusst für dieses Team entschieden und fanden es spannender und abwechslungsreicher in dieser Form zu arbeiten.

Es war ihnen bei ihrer mehrjährigen gemeinsamen Arbeit immer wieder bewusst geworden, wie hilfreich es war, einen Partner an der Seite zu haben, der nicht nur der Landessprache mächtig war sondern auch ein Verständnis der Menschen und ihrer Kultur mitbrachte.

Terry würde schon einmal zur Moltkestraße fahren um im Büro Kontakt mit den Kollegen in Bielefeld aufzunehmen. Die hatten in diesem Falle leider die sehr undankbare Aufgabe, die völlig unvorbereiteten Eltern über den Tod ihrer Tochter zu informieren.

Es könnte gut sein, dass die Eltern dann auch noch Gronau kommen würden und man sich persönlich begegnete.

Nebenbei erkundigte sie sich, ob es seitens der Spurensicherung und der Gerichtsmedizin schon irgendwelche Neuigkeiten gäbe. Das war so schnell am Sonntagmorgen aber nicht möglich so dass sie sich auf den Weg zur WG in die Alstätter Straße machte.

Schon auf dem Klingelschild konnte sie erkennen, dass es sich um eine größere WG handeln müsste da fünf verschiedene Namen aufgeführt waren.

Recht schnell wurde ihr geöffnet, offenbar waren die WG Bewohner auch schon munter. Mit dem Ausweis der Kripo in der Hand wurde sie dann in die Räumlichkeiten eingelassen. Sie stellte sich kurz vor und bat die Bewohner, sich alle im Gemeinschaftszimmer zu versammeln. Dort erklärte Terry den Mitbewohnern Sophie, Max, Ben und Lina dann die traurige Nachricht vom Tod ihrer Mitbewohnerin.

Zunächst waren die Mitbewohner und Freunde völlig sprachlos. Nach dem ersten Schock gab es sofort Rückfragen über die näheren Umstände des Todes. Es war aber klar, dass sie aus ermittlungstaktischen Gründen keine weiteren Angaben machen konnte.

„Bitte zeigt mir einmal Melanies Zimmer, damit ich mir einen Eindruck verschaffen kann".

Lina nahm sie mit und zeigte ihr ein recht aufgeräumtes Zimmer. Vor dem Fenster stand ein größerer Schreibtisch mit Laptop und einigen anatomischen Fachbüchern.

Melanies Musikgeschmack war leicht zu erkennen. Neben CDs hing ein großes Poster von Bryan Adams an der Wand. Lina erklärte ihr, dass Melanie Studentin der Physiotherapie in Enschede sei und dort den Bachelorabschluss machen möchte.

Insbesondere wegen der günstigeren Mieten in Gronau habe sie dieses WG- Zimmer gemietet und fahre mit dem Zug vom nahe gelegenen Gronauer Bahnhof als Pendlerin nach Enschede. Das Studium der Physiotherapie in den Niederlanden sei auch für deutsche Studentinnen recht beliebt. Im Gegensatz zur deutschen Fachausbildung ist das Fach Physiotherapie in Holland ein Studienfach und schließt nach vier Jahren mit dem Bachelor ab. In Deutschland kann man die Physiotherapie an Fachschulen erlernen und muss in der Regel Schulgeld zahlen und hat zum Teil längere Wartezeiten. Auch in Holland zahlt man Semesterbeiträge hat aber am Ende des Studiums auch einen Universitätsabschluss.

Nach einer Rückkehr nach Deutschland ist aber die Bezahlung als Universitätsabsolvent auch nicht besser als bei einem Physiotherapie -Abschluss aus Deutschland.

Gerade in der Grenzregion haben sich viele holländische Studienabsolventen in freier Praxis niedergelassen und profitieren teilweise davon, dass im Rahmen des Studiums auch spezielle Techniken mit vermittelt werden, die in Deutschland erst in zusätzlichen Fortbildungsseminaren erlernt werden müssen. Beispiele dafür sind osteopathische Techniken oder Triggerpunktbehandlungen.

Terry bemerkte, dass sie einen ganz guten Kontakt zu Lina gefunden hatte. Als sie einen Moment alleine standen fragte sie auch direkt, ob sie denn in der letzten Zeit Auffälligkeiten bei Melanie wahrgenommen hätte oder ob Melanie derzeit eine Beziehung habe.

Lina druckste zunächst herum, gab dann aber doch den Hinweis, dass nach ihrem Eindruck Ben schon eine Weile in Melanie verknallt sei, was aber nicht unbedingt auf Gegenseitigkeit beruhe. Melanie habe ihr auch schon einmal zu verstehen gegeben, dass sie sich zeitweise von Ben bedrängt fühlte.

Terry bedankte sich bei Lina für die offenen Worte und bat dann Ben um ein Einzelgespräch.

Man merkte Ben noch an, dass er völlig erschüttert war und seine Tränen kaum zurückhalten konnte. Terry erkundigte sich nach seinem Verhältnis zu Melanie.

Seine Antworten kamen nur stockend und sehr leise. Ja, es stimme, er sei schon seit einiger Zeit in Melanie verliebt und es sei schwer für ihn auszuhalten, einerseits durch die Wohnsituation ihr so nahe zu sein und andererseits doch immer auf Distanz gehalten zu werden.

" Ben, fährst du ein Auto oder ein Motorrad?"

„Ja, ich fahre einen alten Opel Meriva, der aber grundsätzlich auch meinen Mitbewohnern bei Bedarf zur Verfügung steht. Das regeln wir per Absprache, grundsätzlich kann also jeder von uns das Auto nutzen."

„Wo warst du denn gestern Abend zwischen 23:00 Uhr und 1:00 Uhr nachts?"

Es entstand zunächst einmal eine längere Pause bevor Ben sich zu einer Antwort bereitfand.

„Gestern Abend bin ich mit dem Wagen gegen 22:00 Uhr zum Drilandsee gefahren und wollte mich über das schöne Lichterfahrtfest freuen und insbesondere auch die Musikdarbietungen an der großen Bühne anhören. Ich hatte die Hoffnung, dass ich nebenbei noch Melanie am Hafencafé treffen könnte, um mit ihr den Abend harmonisch ausklingen zu lassen.

Zu diesem Zweck bin ich dann von der Veranstaltung zum Café gegangen und habe einen günstigen Moment abgepasst, um mit Melanie reden zu können.

Leider hat sie mich auf unschöne Art und Weise direkt an der Eingangstür abblitzen lassen und klargemacht, dass sie momentan wegen der Veranstaltung sowieso keine Zeit habe aber auch nach Arbeitsende nicht mehr mit mir ausgehen möchte.

Daraufhin sei er natürlich total verärgert gewesen und sei zum See zurückgegangen.

Er habe sich dann allmählich beruhigt und sei auch am Ende der Veranstaltung mit seinem PKW wieder in die Stadt zurückgefahren. Gegen Mitternacht sei er dann in der WG wieder angekommen, zu diesem Zeitpunkt habe er Max und Sophie noch angetroffen.

Auf direkte Nachfrage bei den WG-Bewohnern wurden die Aussagen von Ben dann auch bestätigt.

Terry erklärte ihnen dann noch, dass es gut möglich sei, dass sich die Eltern von Melanie kurzfristig bei Ihnen melden würden und dass sie sich wegen möglicher weiterer Fragen zur Verfügung halten sollen.

Parallel zu Terrys Aktivitäten begann Lou mit seinen Ermittlungen am Campingplatz und begann zunächst bei den Organisatoren des Lichterfahrtfestes.

Das Büro des Organisationskomitees befand sich provisorisch in den Räumlichkeiten des Segelvereins. Dort herrschte noch ein großes Durcheinander, da sich die Aktivisten darum bemühten, bei schlechtem Wetter die Bühne und die verschiedenen Aufbauten wieder zurück zu bauen. Da galt es die unterschiedlichsten Aktivitäten zu koordinieren damit man sich nicht gegenseitig behinderte.

Lou fragte sich durch und landete schließlich bei Manni Hustert, der als Organisationschef die Fäden in der Hand hielt. Lou stellte sich vor und wies sich aus.

Er erklärte Manni Hustert worum es ging und fragte direkt, ob ihm am gestrigen Abend und in der Nacht etwas aufgefallen sei, was mit dem Leichenfund zusammenhängen könnte. „Ach wissen Sie, Herr van Reef, gestern war hier so viel los, dass ich mich um Einzelheiten gar nicht kümmern konnte. Wir hatten fast 10.000 Zuschauer und sehr viele Mitglieder der beteiligten Vereine.

Durch die Bühnenshow und die gastronomischen Highlights hatten wir einen stimmungsvollen Abend und eigentlich nur Grund zur Freude.

Abgesehen von kleineren Rangeleien nach Alkoholgenuss ist mir nichts bekannt geworden, was Anlass für polizeiliche Ermittlungen geben könnte. Es war ein wundervolles Bild, die zahlreichen Lichter auf dem See in Bewegung zu sehen mit musikalischer Untermalung und in dem Wissen, dass die Erlöse allein einem wohltätigen Zweck zugeführt werden.

Wir wissen es noch nicht genau aber gehen davon aus, dass mehrere tausend Euro gespendet worden sind.

Die gestrige Veranstaltung mit der Lichterfahrt fand ja zum zweiten Mal statt und es hat uns besonders gefreut, dass auch die regionale politische Prominenz und sonstige Persönlichkeiten sowie Presse und Radio hier teilgenommen haben.

Insbesondere war es uns eine Ehre, dass Bürgermeister Bernhard Huesmann die Schirmherrschaft hier übernommen hat und sein Kollege aus Enschede als Gast hier begrüßt werden konnte.

Im Hafencafé fand ja dann auch noch eine Charity-Veranstaltung mit der Politikprominenz, Unternehmervertretern, Künstlern und prominenten Sportlern statt.

Die Befragung wurde arg gestört durch umherlaufende Mitstreiter des Organisationskomitees mit brennenden Fragen an den Leiter Herrn Hustert.

Lou konnte aktuell nur wenig für seinen Fall erfahren und wollte sich bei Bedarf noch einmal an den Organisationsleiter wenden.

Nächster Schritt der Ermittlungen sollte jetzt eine Kontaktaufnahme zum Platzwart des Camping- und Mobilheimplatzes sein.

Das Büro des Platzwartes war auch an diesem Sonntagvormittag besetzt und van Reef wurde dort vom Chef persönlich, Herrn Duesmann, empfangen. Sie stellten sich einander vor und Lou erkundigte sich natürlich danach, ob ihm am gestrigen Abend und in der Nacht etwas aufgefallen sei.

Aber auch Herr Duesmann hatte auf dem Platz zunächst keine Auffälligkeiten bemerkt. Es sei natürlich unruhiger gewesen als es üblicherweise zu dieser Jahreszeit ist. Das sei durch die Großveranstaltung bedingt gewesen wobei natürlich auch die Platzgäste mit einbezogen waren und gerne am Freizeitvergnügen teilgenommen hätten. Wegen der allgemeinen Unruhe habe er aber länger als üblich Zeit auf dem Gelände verbracht. Gegen 22:00 Uhr sei dann die Einfahrtschranke wie immer geschlossen worden, so dass kein PKW-Verkehr mehr ein- und ausfahren konnte.

Danach seien Fußgänger über den Platz gegangen, die teilweise vom Fest zurückkamen oder noch die Waschräume nutzen wollten. Eine kleine Auffälligkeit habe es noch um kurz nach Mitternacht gegeben.

Da habe er ein nicht zu überhörendes Motorradgeräusch gehört, mit einem Fahrrad oder Motorrad könne man ja auch neben der Schranke noch auf den Platz oder von dort weg gelangen.

Er habe nicht gesehen, wer das mit dem Motorrad gewesen sei, es gebe aber insgesamt nur wenige Motorradfahrer auf dem Platz.

Da könne er einmal in seiner Kartei nachschauen, ob er dem Kommissar konkrete Namen aufschreiben könne. Nach ganz kurzer Zeit hatte Herr Duesmann eine Liste in der Hand, um die er sich mit seiner Polizeidatei näher kümmern wollte.

Lou bedankte sich ganz herzlich bei ihm, der ihm ja bei Bedarf noch weiter zur Verfügung stehen würde. Er beschloss, bei seiner Zentrale in Enschede anzufragen ob von den mitgeteilten Namen jemand bereits polizeilich in Erscheinung getreten wäre.

Dann holte er sein Handy aus der Jackentasche und rief Terry an, um sich mit ihr in der Wunne-Bar im Stadtzentrum zu verabreden, damit sie sich austauschen konnten und nebenbei war jetzt auch eine Stärkung mit Kaffee und Brötchen sehr erwünscht.

Kapitel 5

Terry kam als erste in der Wunne-Bar an und war froh, dem Nieselregen entkommen zu können. Heute wäre es definitiv nicht möglich die sonst gern genutzte Außenterrasse zu wählen, selbst die aufgestellte Gasheizung könnte keine Behaglichkeit erzeugen.

Nach Eintritt in das Lokal schaute sie sich um, ob sie eine etwas ruhiger gelegene Ecke erblicken könnte, da sie sich neben dem Kaffee auch in Ruhe mit Lou austauschen wollte.

„Hallo Terry, schön dich zu sehen, was machst du denn hier heute Morgen ganz alleine?"

„Ich bleibe nicht lange alleine und erwarte gleich meinen Kollegen" erwiderte sie an Lola gewandt. Lola war die unumstrittene Gallionsfigur der Wunne-Bar und sorgte für ein ganz besonderes Flair.

Sie betrieb das Lokal bereits seit Jahren und konnte viele Stammgäste immer wieder begrüßen. Auch heute war das Lokal bereits gut gefüllt mit Gästen, die nach langer Nacht gerne spät frühstückten oder aber bereits beim Frühschoppen waren.

Die Atmosphäre des Lokals gab Terry immer ein besonders gutes Gefühl. Es wirkte vertraut wie ein großes WG-Wohnzimmer, wo man Freunde empfangen kann aber auch ein stetes Kommen und Gehen dazugehört.

Mit Lola verband sie eine bereits mehrjährige Bekanntschaft und sie mochte ihre vielsagenden Blicke und Diskretion genauso wie ihre klare Ansage, wenn sich einmal ein Gast außerhalb ihrer Vorstellungen benahm.

Von Lola selbst wusste sie, dass sie früher längere Zeit in Amsterdam gelebt hatte, was ihr perfektes Niederländisch erklärte.

In der Wunne-Bar fand sie immer einen Ruhepol nach turbulenten Momenten und nutzte auch das eine oder andere Mal Lolas intime Kenntnisse über das örtliche Geschehen. So wollte sie auch heute mal auf den Busch klopfen, ob das Stadtgespräch bereits über die Frauenleiche nach dem Lichterfahrtfest Bescheid wusste.

Erfreulicherweise fand sich doch noch ein kleiner 2er- Tisch, der etwas abgesondert stand und ein Gespräch auch über dienstliche Dinge mit Lou ermöglichte.

Kurz darauf trat Lou ein und ihre Blicke trafen sich. Sie winkte ihren Kollegen zu sich und nach Ablegen der wetterfesten Kleidung konnten sie ihre Bestellung aufgeben.

Schon kurz darauf kam dann der Kaffee und sie nahmen sich vom Frühstücksbuffet.

„Hallo, erzähl doch mal, was du noch vom Lichterfest erfahren hast von den Machern des Festes."

„Die Organisatoren waren viel zu sehr mit sich selbst beschäftigt und konnten mir nicht wirklich weiterhelfen. Es gab allerdings auch einen Hinweis darauf, dass sich im Hafencafé eine illustre Gesellschaft zu einem Charity-Abend getroffen hat. Dabei sollte man beachten, dass der Caféparkplatz zur Brechter Straße hin mündet, ganz in der Nähe des Leichenfundes.

Wir sollten uns daher noch einmal mit der Cafébesitzerin unterhalten über die Gesellschaft in ihren Festräumlichkeiten und auch über die Gäste des Apartmenthotels.

Auf dem Campingplatz gab es gegen Mitternacht eine Auffälligkeit. Der Platzwart hat mir eine Liste mit Motorradbesitzern gegeben, die derzeit bereits in der Polizeidatei kontrolliert wird. Wenn von diesen Personen jemand polizeibekannt ist sollten wir dort noch einmal nachhaken und uns auch das Motorrad genauer anschauen."

Inzwischen waren sie beide vom Kaffee aufgemuntert und aufgewärmt und fühlten sich deutlich besser.

„Wie war es bei dir, Terry?"

„Die WG- Mitbewohner waren wirklich sehr geschockt und traurig. Es ist ja schrecklich, wenn jemand in so jungen Jahren ganz plötzlich stirbt. Einer der Mitbewohner, Ben, war wohl verliebt in Melanie Horstmann und es hat eine kurze Auseinandersetzung gestern Abend gegeben. Melanie hat danach jedoch weitergearbeitet und Ben hat Zeugen dafür, dass er gegen Mitternacht bereits wieder in der gemeinsamen Wohnung zurück war.

Wenn wir Ergebnisse der kriminaltechnischen Untersuchungen haben müssen wir uns eventuell aber noch einmal den alten Opel anschauen. Das Fahrzeug wird jedoch von allen WG -Bewohnern gemeinschaftlich genutzt."

„Wolltest du nicht gestern Abend auch noch mit Klaus zur Lichterfahrt gehen?"

„Ja, das stimmt. Wir waren anfangs auch gemeinsam dort beim Aufsetzen der zahlreichen Lichter auf den See und bei der Ausfahrt der Segelboote. Da ich sowieso Rufbereitschaft hatte und auch wenig Lust an der Charity-Veranstaltung verspürte bin ich dann zur Veilchenstraße zurückgefahren.

Klaus ist später mit dem Taxi nach Hause gekommen. Heute Morgen konnten wir aber noch nicht über die Veranstaltung sprechen, da ich nach dem Anruf sofort zum Drilandsee gefahren bin. Klaus kann uns aber sicher über die Veranstaltung mit den Bürgermeistern und der regionalen Prominenz mehr erzählen und auch, ob ihm dort etwas aufgefallen ist.

Du weißt ja, dass er als Projektleiter für das größte Immobilienprojekt der letzten Jahre solche Termine wahrnehmen muss. In Kürze sollen ja auch wichtige Entscheidungen im Stadtrat gefällt werden.

Ich rufe Klaus jetzt einmal an und bitte ihn, in unser Büro auf die Polizeiwache zu kommen. Dort soll er uns als Zeuge ganz offiziell helfen und mehr zur Veranstaltung und zu den Projekthintergründen erklären.

Wegen meiner persönlichen Nähe möchte ich dich bitten, die Zeugenvernehmung federführend zu übernehmen."

„Gut, dann ruf Klaus an und wir treffen uns dann auf der Wache."

Kapitel 6

„Hallo Klaus, das ist für uns natürlich alle sehr ungewohnt, dich hier auf der Wache zu sehen. Am Telefon habe ich dir ja schon kurz erklärt worum es geht. Wir versuchen Licht in den nächtlichen Todesfall zu bringen. Da du ja zu diesem Zeitpunkt auch noch im Hafencafé gewesen bist möchten wir dich bitten, uns über den Verlauf des Abends, eventuelle Auffälligkeiten und auch über die Hintergründe des derzeitigen Projektes unter deiner Leitung zu berichten. Wegen unserer Liaison habe ich Lou gebeten, das Gespräch zu führen."

„Nachdem wir uns gestern bei der Lichterfahrt getrennt haben bin ich im Hafencafé zu der dortigen Gesellschaft gestoßen. Viele der Gäste sind mir von meiner Arbeit bereits bekannt, es waren aber auch einige neue Bekanntschaften im Raum, denen ich dort vorgestellt wurde.

Terry, du kennst ja meinen beruflichen Hintergrund, aber für Lou und das Protokoll will ich meine berufliche Position noch einmal kurz erklären:

Als geschäftsführender Gesellschafter der **Marienfeld Consulting B. V.** bin ich verantwortlich für das Projektmanagement des wohl größten regionalen Projektes in der Euregio. Dabei bin ich als gelernter Architekt mehr für die technischen Belange zuständig und mein Bruder Matthias Marienfeld kümmert sich als gelernter Bankkaufmann um die kaufmännischen Belange der Gesellschaft. Der Firmensitz liegt aus steuerlichen Gründen in Amsterdam, daneben haben wir Niederlassungen in Brüssel und in Münster am Hafen. In der Niederlassung Brüssel geht es mehr um das Einwerben von Fördergeldern bei der EU, die tatsächliche Arbeit wird auf technischem Gebiet primär in Münster geleistet.

Hier in Gronau geht es um ein sehr großes Projekt mit einem Gesamtvolumen von ca. 160 Millionen €.

Hier soll in den nächsten Jahren das Projekt **Dinkel- Center** umgesetzt werden.

Das Dinkel- Center umfasst dabei sehr unterschiedliche Bereiche.

Räumlich umfasst es das gesamte Gebiet nördlich und südlich des Gronauer Bahnhofs und hat als Kern das frühere Gelände der Landesgartenschau und ehemalige Flächen der Textilindustrie, die jetzt als Brachland auf neue Nutzungen warten.

Der Bahnhof Gronau liegt an den Bahnverbindungen Münster-Enschede und Ruhrgebiet-Enschede, Gronau selbst ist verkehrstechnisch durch die Nähe zur A 31/B 54 und A 30 sowie die Nachbarschaft zu den Niederlanden bestens erreichbar.

Aus enger Verbundenheit zur Region Twente empfehlen wir einen rechtlichen Zusammenschluss der Universität Enschede mit neu zu gründenden Instituten in Gronau zur gemeinschaftlichen

Euregio- Universität Gronau-Enschede

1. Als Fachbereiche am Standort Gronau planen wir:

- Fachbereich Musikwissenschaften unter Einbeziehung des Rock´n-Pop-Museums unter dem Namen Udo- Lindenberg- Institut,
- ein Technologiezentrum Informatik für Games- Entwicklung und virtuelle Realitäten sowie
- Social-Media -Anwendungswissenschaften
- einen weiteren Fachbereich für Security und Personenschutz
- einen Fachbereich internationale Logistik

2. Auf dem erweiterten Gelände sollen Investitionen getätigt werden für:

- gehobenen Einzelhandel
- Erlebnisgastronomie
- Studentenapartments,
- Generationen- und Betreutes Wohnen,
- verträgliches Kleingewerbe und
- in Nähe des Bahnhofs ein Fahrrad -Touristik Hotel

3. ein großer Baustein soll die **Euregio Therme** mit einem sehr differenzierten Gesundheitsprogramm in den Bereichen:

- Sport,
- Tanzen,
- Wellness,
- ambulante Reha,
- Medical Fitness,
- plastische Chirurgie,
- ästhetische Zahnheilkunde,
- Sport - und Funktionsbekleidungsmode
- Entspannungsverfahren und
- als Besonderheit eine Tai-Chi Kampfkunstakademie sein.

Nach langer Vorbereitungsphase wurden nunmehr auf EU-Ebene, der niederländischen und NRW- Regierung sowie in der Euregio Beschlüsse zur Umsetzung gefasst und wir stehen vor der Situation, kurzfristig einen Generalunternehmer für den ersten Bauabschnitt zu bestimmen.

Dieses Thema wurde natürlich gestern am Rande der Veranstaltung im informellen Kreis heiß diskutiert und es waren selbstverständlich einige Geschäftsleute mit auf der

Veranstaltung, um dort Hintergrundinformationen zu bekommen und auch, soweit möglich, Einfluss auf die Entscheider in der Politik zu nehmen.

Im Vorfeld hat es natürlich schon nach Bekanntwerden der großen Pläne Streitigkeiten um Grundstücke mit Wertsteigerungspotenzial gegeben, die aber durch Intervention der Stadt ausgeräumt wurden.

In der Politik ging es insbesondere auch darum, die deutschen und die niederländischen Standortinteressen zu wahren.

Der Stadt Gronau kommt durch die hier ansässige Urananreicherungsanlage und auch zusätzlich durch die Lagerstätten der deutschen Energiereserven für Öl und Gas eine hochrangige strategische Bedeutung zu.

Diese strategische Bedeutung hat auch bei den Entscheidungen der EU in Brüssel eine große Rolle gespielt und letztlich positive Entscheidungen erreichen lassen.

Im Rahmen der derzeit laufenden EU-weiten Ausschreibungen geht es um ein großes Investitionsvolumen mit Sicherung vieler Arbeitsplätze und Aufbau neuer Arbeitsplätze am Standort Gronau.

Im Rahmen der Förderung hat man sich insbesondere auch darauf fokussiert, den Energiebedarf des Dinkel-Centers und der Euregio-Therme durch Nutzung von Überlasten der Windenergiehaupttrasse Nordsee/Ruhrgebiet und der vor Ort vorhandenen riesigen Speicher wirtschaftlich und ökologisch sinnvoll einzusetzen.

Durch meine langjährige Vorbereitungsphase habe ich natürlich mitbekommen wie sehr sich die Städte in einem harten Wettbewerb um jeden Standortvorteil bemühen.

Insbesondere geht es zwischen Gronau und Ochtrup um Entwicklungsflächen für Einzelhandel und die Innenstadtentwicklungen.

Dabei haben sich neben politischen inzwischen auch Rechtsstreitigkeiten entwickelt.

Aktuell soll das bekannte DOC (Designer-Outlet-Center) in Ochtrup noch einmal erweitert werden. Da gibt es schon Zornesfalten beim Gronauer Bürgermeister Huesmann und auch den anderen Kommunalpolitikern der Region.

Man befürchtet wohl zu Recht einen weiteren Kaufkraftverlust in Richtung Ochtrup.

Nach dem kleinen Vortrag entfuhr es Lou:

„Das habe ich so noch gar nicht gewusst, was hier in Gronau in den nächsten Jahren alles aufgebaut werden soll.

Bei den vielfältigen Interessen, die hier aber auch deutlich werden, bekommt der Fall natürlich noch eine ganz andere Dimension. Wir müssen überlegen, ob es sich tatsächlich um einen Unglücksfall mit Todesfolge und Unfallflucht handelt oder ob hier noch ganz andere Hintergründe bestehen."

„Klaus, kommen wir noch einmal zurück auf die gestrige Veranstaltung. Gab es vielleicht einen Moment, wo dir im Verhalten von Gästen etwas aufgefallen ist oder ist dir beispielsweise Frau Horstmann, das Unfallopfer, begegnet?"

„Eigentlich war der Verlauf des Abends ganz harmonisch, die Veranstalter bemühten sich, bei den Teilnehmern Geld für den guten Zweck einzusammeln und zwischendurch gab es musikalische Unterhaltung. Neben den mir bekannten Unternehmern habe ich mich gut mit einem niederländischen Bauunternehmer unterhalten, der mir über die Niederlassung in Amsterdam als gestandener Geschäftsmann von meinen Mitarbeitern empfohlen wurde.

Es gab allerdings auch den Hinweis im Vorfeld, dass dieser Bauunternehmer eine intensive Zusammenarbeit mit osteuropäischen Subunternehmern pflegt, um bei Ausschreibungen mit günstigen Preisen erfolgreich zu sein.

Sein Name ist Geerd Gerwens und er war in Begleitung seines als Sicherheitschef vorgestellten Mitarbeiters.

Zu fortgeschrittener Stunde habe ich dann den Gronauer Stadtbaurat Lukas Storch, der bereits angeheitert wirkte, in Begleitung von Frau van Basten gesehen.

Frau van Basten ist als Heilpraktikerin und Osteopathin in Steinfurt niedergelassen und betreibt dort zusätzlich einen Saunapark mit dem Namen Nico`s Paradijs.

Danach bin ich dann mit dem Taxi zu unserer Wohnung zurückgefahren."

Kapitel 7

Terry sah auf ihren PC und erkannte eine neue Mail zu Lous Anfrage bezüglich der Motorradfahrer auf dem Campingplatz.

Tatsächlich war einer der Motorradbesitzer bei der Polizei aktenkundig.

Die niederländische Polizei hatte Daten zu einem Mann namens Ronny Wolters, der vor drei Jahren bereits wegen Drogenbesitzes und gefährlicher Körperverletzung verurteilt worden war. Offenbar war er jetzt wieder auf freiem Fuß und wohnte zumindest teilweise in einem Campingwagen am Drilandsee.

„Den Herrn Wolters wollen wir uns doch gleich noch einmal genauer ansehen, insbesondere sein Motorrad. Am besten nehmen wir uns Verstärkung mit, da müssen wir bei der Vorgeschichte eventuell mit Widerstand rechnen."

„Ja, so machen wir es. Ich weiß zwar nicht, ob es einen Zusammenhang mit unserem Leichenfund gibt. Klar ist aber, dass Ronny Wolters zur Tatzeit mit seinem Motorrad in Tatortnähe gewesen ist. Auf jeden Fall werden wir seinen Campingwagen mal genauer unter die Lupe nehmen, möglicherweise sind die Kollegen von der Drogenfahndung hier zusätzlich gefragt."

Den Weg zum Drilandsee kannten sie nun schon. Terry nahm ihren silbernen neutralen Dienstwagen, Lou setzte seinen Motorradhelm auf und fuhr ihr nach. Die beiden Streifenwagen ergänzten die Kommissare und sie fuhren gemeinsam Richtung Campingplatz.

Schon von der Wache aus hatten sie Kontakt aufgenommen zu Herrn Duesmann und sich mit dem Platzwart an seinem Büro verabredet. Dort wollte er ihnen den genauen Stellplatz von Ronny Wolters beschreiben. Die beiden Streifenwagen platzierten sie vor die Ein- und Ausfahrt des Campingplatzes.

Gerade in dem Moment als Herr Duesmann mit ausladender Gestik den Standplatz von Ronnys Campingwagen beschreiben wollte hörten sie ein Motorrad aufheulen und sahen, wie es sich in entgegengesetzter Richtung mit hoher Geschwindigkeit davon machte.

Offenbar kannte sich Ronny Wolters in der Gegend bestens aus und versuchte, durch ein Fußgängertor zu fliehen, welches zur Seepromenade mündete.

Damit hatten sie natürlich nicht gerechnet.

Als schnellster reagierte Lou, der mit seiner Maschine sofort die Verfolgung aufnahm. Dabei musste er aber Rücksicht nehmen auf Campingplatzbewohner und spielende Kinder.

Die Besatzung der Streifenwagen war bereits unterwegs auf der Brechter Straße, dort hielten sie Kurs in Richtung der nahen Landesgrenze. Die Grenze war hier nur 200 m vom See entfernt und lag unmittelbar hinter der Hauptstraße von Gildehaus nach Gronau.

Dabei handelte es sich jedoch um landwirtschaftliches Gelände mit teilweiser Bewaldung und kleinen Feldwegen. In dieser Gegend war man mit einem Motorrad eindeutig bei einem Fluchtversuch in einer besseren Position.

Allerdings hatte Ronny wohl nicht ausreichend bedacht, dass die Polizei inzwischen technisch besser ausgestattet war und sich per Digitalfunk bereits mit der niederländischen Polizei in Verbindung gesetzt hatte.

Die verbesserte Technik konnte nach Eingang von Fördergeldern für das GPT angeschafft werden und zeigte jetzt ihren vollen Nutzen.

Auf niederländischer Seite waren bereits Absperrungen vorbereitet worden und Lou van Reef hatte Ronny Wolters weiterhin in seinem Blickfeld. Dabei konnte Lou erkennen, dass vom vorausfahrenden Motorrad ein Päckchen in ein Gebüsch abgeworfen wurde. Er merkte sich genau die Stelle, fuhr aber in voller Konzentration weiter hinter dem Flüchtigen her.

Am Ende des Gebüsches konnte er schon die Polizeiabsperrung erkennen.

Ein seitliches Entkommen war an dieser Stelle auch nicht mehr möglich, da ein Weidezaun ein Weiterfahren mit dem Motorrad unmöglich machte.

Offenbar hatte Ronny Wolters die Aussichtslosigkeit seines Fluchtversuches eingesehen und kam vor der Polizeisperre zum Stillstand. Er hoffte wohl, dass seine Verfolger nichts von dem Abwurf seines Päckchens mitbekommen hätten.

Die niederländische Polizeistreife nahm Ronny Wolters fest.

Lou inspizierte erst einmal ganz genau Ronnys Maschine, fand aber weder eine Glasabsplitterung noch irgendwelche Lackschäden. Daraufhin fuhr er die Fluchtroute zurück.

Er hatte sich die Abwurfstelle gut gemerkt und hielt nach weniger als 10 Minuten einen Drogenfund in den Händen. Dieser Fund würde von den Kollegen der Drogenfahndung sicher sehr genau untersucht.

Da Ronny Wolters bereits einschlägig vorbestraft war dürfte es wohl zu einer neuen Freiheitsstrafe nach Gerichtsverhandlung kommen. Vorab würde man sich den Campingwagen ganz genau anschauen und alles mit einem Drogensuchhund noch einmal durchkämmen.

Mit ihrem eigentlichen Fall hatte Ronny Wolters aber vorbehaltlich der genauen Untersuchung des Motorrades nichts zu tun.

Kapitel 8

Der Fall Ronny Wolters war für Lou und Terry nun erst einmal abgeschlossen und würde von der Drogenfahndung federführend weiter untersucht.

„Lou, wir haben jetzt schon eine Menge erreicht und zur Freude unserer Kollegen sogar einen Drogendealer dingfest machen können. Die Ergebnisse der Obduktion und der rechtsmedizinischen Untersuchungen werden wir erst am Montagmittag erfahren können. Das gesamte Team von Prof. Birwe wird sich mit der gebotenen Sorgfalt sicher sehr intensiv um Erkenntnisse bemühen. Ich werde dann nach Sichtung der schriftlichen Ergebnisse noch einmal persönlich mit ihm sprechen.

Wichtig ist, dass sich die Spurensicherung auf die genaueren Untersuchungen von Lackspuren und auf Glassplitter auf der Brechter Straße konzentriert.

Möglicherweise könnten daraus Rückschlüsse auf ein Unfallfahrzeug gezogen werden.

Auch diese Ergebnisse werden aber sicher nicht vor Montagmittag hier bei uns vorliegen. Lass uns daher morgen früh noch einmal in der Nähe des Fundortes beginnen und die Geschäftsführerin des Hafencafés, Frau Eckstein, noch einmal genauer befragen zu ihrer Abendgesellschaft und den Gästen."

„O. k. Terry, so sollten wir es angehen. Dann lass uns für heute Schluss machen und wir treffen uns morgen früh um 8:00 Uhr direkt am Hafencafé."

Kapitel 9

Terry räumte noch ihren Schreibtisch kurz auf und sah Lou nach, der bereits seine Motorradjacke überzog und seinen Helm in der Hand hielt. Sie überlegte noch, was Lou an diesem trüben Oktobersonntag wohl noch machen würde.

Vor einiger Zeit hatte Lou ihr ein wenig Einblick in sein Privatleben gegeben. Seit mehreren Jahren war er jetzt geschieden und derzeit Single. An den dienstfreien Wochenenden hatte er regelmäßig Besuch seiner beiden Jungs mit denen er, wann immer es ging, sehr viel Sport trieb.

Lou war in jüngeren Jahren ein sehr talentierter Fußballer gewesen. Wegen seiner Größe von 190 cm und Kopfballstärke hatte er sich einen guten Namen als Innenverteidiger gemacht und auch in höherklassigen Vereinen gespielt. Den ganz großen Durchbruch als Profi in der Ehrendivision war ihm allerdings nicht gelungen. Nach seiner aktiven Karriere hatte er sich dann ganz auf die Förderung seiner Jungen konzentriert und sich als Jugendtrainer ehrenamtlich engagiert. So hatte er auch immer einen guten Draht zu den beiden gehabt und sie verstanden sich trotz der familiären Trennung gut.

Sie waren alle drei Fans von Twente Enschede und freuten sich schon auf das nächste Wochenende. Dann sollte Schalke 04 nach Enschede kommen zu einem Freundschaftsspiel. Die beiden Vereine waren langjährig freundschaftlich verbunden und vor wenigen Jahren kam es auch einmal zu einem Aufeinandertreffen im Europacup. Er hatte ihr kürzlich gesagt, dass er sich bei dem Fußballspiel vornehmen wollte, vom niederländischen Nationalspieler Claas - Jan Huntelaar Autogramme für seine Jungs zu erhalten.

Mit seinen 45 Jahren war Lou erkennbar in bester körperlicher Verfassung und wirkte in seiner Motorradkluft und mit Dreitagebart schon etwas verwegen aber recht attraktiv.

Im persönlichen Gespräch hatte er ihr aber auch vermittelt, dass sich hinter dieser Fassade durchaus ein problematischer Hintergrund verbarg.

Es gehörte bei der niederländischen Bundespolizei zur Regel, dass die Mitglieder auch zu Auslandseinsätzen herangezogen wurden. Das war früher eine Pflichtaufgabe, heutzutage gab es aber wohl genügend Freiwillige, die diesen Job übernahmen. Während seines Auslandseinsatzes hatte er wohl schlimme Erlebnisse mit Gewalt und Todesfällen miterlebt und war auch über den Tod eines Kollegen nicht wirklich hinweggekommen.

Nach der Rückkehr hatte er in seiner Heimat nicht mehr richtig Fuß gefasst, er hatte sich sehr zurückgezogen und litt unter Schlafstörungen und erhöhter Reizbarkeit. Seine Exfrau hatte schon während des Auslandseinsatzes unter der Trennung und der permanenten Sorge um ihren Mann stark gelitten. Nach einiger Zeit hatten sie sich dann getrennt und waren nunmehr geschieden.

Inzwischen konnte Lou aber stabil mit seinen Sorgen umgehen, konzentrierte sich gut auf seine Arbeit und kümmerte sich bestmöglich um seine beiden Jungs.

Sie selbst fühlte sich derzeit putzmunter und fand, dass sich die Welt mit 32 gut anfühlte.

Das war sicher auch ein Verdienst von Klaus, der sich wirklich sehr um sie bemühte und mit dem sie inzwischen schöne Erlebnisse, gemeinsame Interessen und liebevolle Zuneigung verband.

Am wohlsten fühlten sie sich in Münster am Hafen, wo Klaus oberhalb seiner Büroräume ein Penthouse besaß. Ein gemeinsames Frühstück auf der Dachterrasse oder ein abendliches Glas Wein mit toller Aussicht auf den Hafen waren einfach wunnebar. Aus dienstlichen Gründen hatte sie in Gronau zusätzlich eine kleine Zweizimmerwohnung angemietet, die sie auch heute wieder benutzen würde.

Sie hatte Klaus vor drei Jahren auf dem Hafenfest in Münster kennengelernt.

Ihr Bruder Tom, der weiterhin mit seiner Frau in ihrem Geburtsort Telgte wohnte, arbeitete als Planungsingenieur für Gebäudetechnik ebenfalls im Hafenviertel und sie hatten sich damals zu einem Bummel über das Fest verabredet.I hr Bruder war mit seinen 35 Jahren bereits beruflich fest etabliert als Teamleiter und in seiner Heimatstadt Telgte mit seiner ebenfalls von dort stammenden Ehefrau und zwei Kindern genau am richtigen Platz.

Auf dem Fest war dann Klaus am Weinstand zu ihnen gestoßen.

Tom und Klaus kannten sich schon länger von der Arbeit und hatten mehrere Projekte gemeinsam erfolgreich abgeschlossen. Gleich am ersten Abend hatte es bei ihr

„Klick" gemacht und sie wusste sofort, dass sie diesen Mann unbedingt wiedersehen wollte. Daraus hatte sich dann mittlerweile eine wirklich liebevolle Beziehung entwickelt und die Zeit würde zeigen, wohin der gemeinsame Weg sie führen würde.

Sie hätte sicher nichts dagegen wenn es mit Klaus auf eine Familiengründung mit Kindern hinausliefe. Mit 32 waren die Themen Hochzeit und Familie bei ihren Freundinnen ja schon permanent auf der Tagesordnung, da einige von ihnen bereits Kinder hatten oder ein Austausch über Hochzeitspläne stattfand. Sie hatte da trotz ihrer sonst nüchternen Betrachtungsweise im Beruf durchaus romantische Seiten und konnte sich selbst mit ihren halblangen blonden Locken als Braut durchaus vorstellen.

Obwohl sie ja beruflich keinerlei Gemeinsamkeiten hatten sahen sie sich doch regelmäßig beim Sport.

An der Polizeihochschule in Münster-Hiltrup hatte sie Nobby Rheinländer kennengelernt, der dort als Dozent für den Bereich Konfliktmanagement und Persönlichkeitsbildung tätig war.

Sie hatte dann schnell begriffen, dass es in diesen Seminaren weniger um eine theoretische Veranstaltung ging, sondern dass dort Techniken der asiatischen Kampfkunst gelehrt wurden. Ihr war bewusst geworden, dass die Tai-Chi-Kampfkunst insgesamt zur Persönlichkeitsbildung beitrug und im Grunde eine Einstellung war, die auch auf andere Lebensbereiche Einfluss nahm.

Der Bereich des Tai-Chi hatte sie so beeindruckt, dass sie Klaus davon erzählte und ihn mit ihrer Begeisterung anstecken konnte.

Wie der Zufall es wollte hatte es sich dann später herausgestellt, dass Nobby Rheinländer in Gronau lebte und dort auch ein Tai-Chi-Centrum betrieb. Zusätzlich war er ein gefragter Dozent mit Einladungen in Deutschland, den Niederlanden und insbesondere auch in England.

Dort hatte er selbst seine Basiserfahrungen bei einem asiatischen Großmeister gemacht. Gelernt hatte er dort die mehr körperbezogenen Kampfkünste.

Er selbst widmete sich in den letzten Jahren mehr der Arbeit mit verhaltensauffälligen Jugendlichen. Von dieser Arbeit erhoffte er sich wohl, noch Einfluss auf den Werdegang der

Jugendlichen nehmen zu können und ihnen eine bessere Zukunft zu ermöglichen.

Richtschnur seiner komplexen Arbeit waren Mitteilungen, Praxiserfahrungen und Hospitationen bei N. Meller, dem Begründer des therapeutischen Tai-Chi.

Terry bemerkte, dass sie gedanklich etwas abgedriftet war und ihr wurde bewusst, dass sie ja von Klaus noch erwartet würde.

Sie schnappte sich ihre Anorakjacke, löschte das Licht und ging zu ihrem Freund und Partner. Im Nu hatten sie sich darauf verständigt, sich in der Wunne-Bar bei Lola noch einmal zu stärken.

Danach wollte Klaus nach Münster zurückfahren.

Genau wie sie selbst hatte auch er morgen einen harten Arbeitstag vor sich und müsste eine Woche vor den Entscheidungen des Gronauer Stadtrates noch wichtige Vorbereitungen treffen.

Den Weg in Lolas Wunne-Bar konnten sie gut zu Fuß zurücklegen.

Es ging vorbei am Gronauer Rathaus. Dort gab es in diesem Jahr heftige Diskussionen wegen der Unterschutzstellung durch die Denkmalbehörde. Das wurde im Rat und auch bei den Bürgern kontrovers diskutiert. Viele wollten nur noch einen Abriss vornehmen. Als modernes Bürogebäude mit Energieeffizienz, ökologischen Kriterien und arbeitnehmerfreundlichen Gestaltungen der Arbeitsplätze war das Deilmann-Gebäude nach Klaus Auffassung nicht mehr umzugestalten bei budgetierten finanziellen Möglichkeiten.

Eine Einbeziehung in die Neuentwicklung im Dinkel-Center wäre nach seiner Auffassung sehr viel sinnvoller.

Gleich danach ging es am seit Jahren leerstehenden Hertie-Gebäude vorbei, ein Dauerärgernis der Gronauer Bürger. Dort hatten sich Immobilienspekulanten aus London wie auch an anderen Hertie-Standorten an der Konkursmasse bedient ohne jedes Interesse am Einzelhandel oder Rücksichtnahme auf deren Bedeutung für die betroffenen Mittelstädte.

Über den Kurt-Schumacher-Platz bogen sie ein in die Fußgängerzone bis zur Ecke Bahnhofstraße und gelangten so zur Wunne-Bar. Das Lokal war bereits wieder gut gefüllt und sie schauten sich um.

Wie der Zufall es will sah sie dann Nobby Rheinländer mit seiner Ehefrau Ulla. Die Welt in einer Kleinstadt ist eben doch überschaubar.

Sie wurden von Nobby bereits zum Tisch gebeten, um dort Platz zu nehmen.

Sie freuten sich alle, einander mal wieder zu treffen. Sicher gäbe es auch außerhalb ihrer Polizeiarbeit genug gemeinsamen Gesprächsstoff.

Wegen ihres Bereitschaftsdienstes und weil Klaus ja noch nach Münster fahren musste gab es allerdings nur alkoholfreie Getränke. Sie bestellten sich beide einen leckeren und frischen Salat mit Hähnchenbruststreifen.

In der Folge entwickelte sich eine angeregte Unterhaltung.

Im Vorfeld hatte Klaus auch schon bei Nobby Rheinländer auf das Entwicklungsprojekt Dinkel-Center hingewiesen und eventuelle Erweiterungsmöglichkeiten für dessen Kampfkunst-Centrum diskutiert.

Nobby war schon sehr angetan von den dortigen Möglichkeiten und grundsätzlich nicht abgeneigt, noch einmal zu investieren. Dazu wären allerdings sichere Rahmenbedingungen, langfristige Mietverträge und insbesondere auch Synergie-Effekte durch andere Institutionen notwendig.

Würde der Stadtrat in wenigen Tagen grünes Licht geben könnte er sich erneut mit Klaus Marienfeld zusammensetzen um das Projekt zu konkretisieren. Er ließ sich von Klaus den Sachstand bei anderen potentiellen Investoren noch einmal erläutern und hakte insbesondere bei Nicole van Basten noch einmal nach.

Von seinen Seminaren war ihm Frau van Basten persönlich bekannt und er wusste, dass Nicole eine ehrgeizige junge Frau war, die auch geschäftlich auf Zack war. Sie betrieb ja in Steinfurt ihre Praxis für Physiotherapie und Osteopathie mit einem angeschlossenen Saunapark.

Die Entwicklung in der Osteopathie war ja in den letzten Jahren extrem aufwärts gegangen. Das hing aber weniger mit der medizinischen Entwicklung als mit den Rahmenbedingungen zusammen.

Nobby wusste, dass Leistungen der Osteopathie von einzelnen Krankenkassen zunächst großzügig erstattet wurden, wenn der Therapeut entsprechende Fachkenntnisse nachweisen konnte. Das sei aber höchst umstritten, da es kein geschütztes Berufsbild des Osteopathen gibt und deswegen auch schwarze Schafe mit minderwertigen fachlichen Leistungen die im Vergleich zu den Preisen für Physiotherapie teuren Behandlungen abrechnen würden.

Als dann wegen der großen Patientennachfrage die Kosten in diesem Sektor sehr anstiegen haben die Kassen die Bezahlung wieder eingeschränkt, sehr zum Verdruss ihrer Mitglieder und auch negativ für das Geschäftsmodell der Osteopathen.

Zusätzlich hatte es van Basten wohl auch geschafft, durch ihre Tätigkeit als Personaltrainerin wichtige Persönlichkeiten in der Region näher kennen zu lernen. Zwischen den Zeilen vermittelte Nobby den Eindruck, dass er Nicole aber nicht ganz über den Weg traute. Ihr ging der Ruf voraus, sehr egoistisch und wenig rücksichtsvoll ihre Interessen durchzusetzen.

Eine gewisse Skepsis über eine mögliche spätere intensivere Zusammenarbeit war für Klaus Marienfeld nicht zu überhören.

Aber auch Terry hatte bei diesem Gespräch gut zugehört, weil sie wusste, dass Nicole van Basten ebenfalls Gast auf der Charity-Veranstaltung im Hafencafé gewesen war.

Sie verabschiedeten sich nach einem leckeren Abendessen und sie ging mit Klaus in ruhigem Schritt zu ihrer Wohnung in die Veilchenstraße zurück.

Nobby Rheinländer würde sie ja auch schon bald in dessen Tai-Chi- Centrum zum Training wiedersehen.

Nach einer herzlichen Umarmung war dann auch der Abschied von Klaus gekommen. Er würde dann wie so oft den Weg nach Münster über die B 54 nehmen. Um diese Zeit würde der Verkehr sicher recht ruhig sein. Bei einer ampelfreien Fahrt bis nach Münster-Nienberge konnte er hoffentlich entspannt den Abend beschließen.

Kapitel 10

Im Gegensatz zum Vortag konnte sich Terry an diesem Montagmorgen in Ruhe frisch machen und danach frühstücken, wobei sie sich in Gedanken schon auf die vielfältigen Aufgaben des Tages vorbereitete.

Nach einer kurzen Fahrt zum Drilandsee würde sie sich vor Ort mit Lou treffen und dann gemeinsam das Gespräch mit der Geschäftsführerin Frau Eckstein führen.

Bei hellem Tageslicht wurde ihr bei der Fahrt vor dem Café noch einmal bewusst, dass der Fundort ca. 150 m vor der Parkplatzausfahrt des Cafés lag. Hier befand sich der normalerweise für Tagesgäste reservierte Wohnmobilparkplatz. Bei der Großveranstaltung Lichterfahrt am Samstag war er jedoch allgemein von PKWs genutzt worden.

Lou winkte schon lässig und stand vor seinem Motorrad. Nach kurzer Begrüßung gingen sie gemeinsam in das Café wo sie Frau Eckstein bereits erwartete.

Es fiel ihnen auf, dass im Gegensatz zum gestrigen Sonntagmorgen nach der Großveranstaltung heute eine deutlich ruhigere Situation herrschte.

Frau Eckstein bat sie in ihr Büro und erwartete ihre Fragen.

„Wie Sie wissen Frau Eckstein haben wir gestern intensiv ermittelt und erwarten heute noch Ergebnisse der weiterführenden Untersuchungen. Sie können uns sehr helfen, wenn sie sich noch einmal auf die Charity-Veranstaltung am Abend zurückbesinnen.

Ist Ihnen nach Kenntnis des Vorfalls noch etwas Besonderes aufgefallen? Gibt es von der Veranstaltung eine Teilnehmerliste? Zusätzlich hätten wir gern auch noch eine Gästeliste ihrer Hotelapartments."

Frau Eckstein hatte sich offenbar gut vorbereitet für dieses Gespräch und präsentierte ihnen die allerdings recht umfassende Gästeliste der Veranstaltung.

„Unsere Hotelapartments waren wegen der Großveranstaltung am Samstag vollständig ausgebucht. Die Veranstaltung selbst verlief sehr harmonisch. Es gab keine besonderen Konflikte mit Gästen, sondern viel Lob vom

Bürgermeister und anderen Teilnehmern über das gelungene Fest.

Die Lichterfestveranstaltung selbst hatte ja schon nachmittags begonnen so dass die meisten Teilnehmer auch gegen Mitternacht unsere Veranstaltung verlassen haben. Zu dieser Zeit haben sich dann auch unsere Hotelgäste teilweise zurückgezogen.

An unserer Rezeption gab es nach Auskunft meiner Mitarbeiterin lediglich eine kurzfristige Abreise um 0:55 Uhr. Zu diesem Zeitpunkt hat sich Frau van Basten aus Steinfurt unvorhergesehen zur Abreise entschlossen ohne Angabe spezieller Gründe.

Meine Mitarbeiterin hat mir allerdings vertraulich erzählt, dass sich Frau van Basten vorher in männlicher Begleitung auf ihr Zimmer begeben habe. Begleiter sei der ja vor Ort bekannte Stadtbaurat Storch gewesen. Kurz vorher hatte sich ein ihr unbekannter weiterer Gast mit Frau van Basten vor dem Eingang zum Apartmentbereich getroffen.

Für Herrn Storch habe sie dann kurze Zeit später ein Taxi gerufen, er sei danach wohl nach Hause gefahren."

„Vielen Dank Frau Eckstein, Sie haben uns mit ihren Informationen wirklich sehr geholfen. Es ist gut möglich, dass wir zu einem späteren Zeitpunkt noch einmal mit ihrer Mitarbeiterin sprechen wollen."

Lou und Terry hatten jetzt einige Anhaltspunkte was in der Nacht geschehen sein könnte. Für einen konkreten Verdacht auf eine Beteiligung bei einem möglichen Unfall oder Tötungsdelikt war es jedoch zu früh. Noch hatten sie ja kein Obduktionsergebnis und keine Ergebnisse der Spurensicherung. Sobald diese im Laufe des Tages vorliegen würden könnten die nächsten Schritte eingeleitet werden.

Sie fuhren dann zurück zur Polizeistation in Gronau in ihr Büro.

Dort wurden sie bereits direkt vom diensthabenden Kollegen angesprochen der ihnen mitteilte, dass vor ihrem Büro ein Herr Storch auf sie warte.

Das war jetzt doch etwas überraschend, weil sie ja bereits von Frau Eckstein erfahren hatten, dass sich Herr Storch zwar im Café und im Hotel aufgehalten hatte, dann aber mit einem von dort gerufenen Taxi nach Hause gefahren war.

Er kam also definitiv als Unfallfahrer nicht infrage.

„Guten Morgen Herr Storch, was führt Sie bereits heute Morgen zu uns auf die Polizeidienstelle? Herr van Reef ist mit mir gemeinsam zuständig für die Ermittlung in einem Todesfall am Dreiländersee, mein Name ist Theresa Westhues."

„Zunächst möchte ich Sie ganz dringend um absolute Diskretion meines Anliegens bitten. Wie Sie wissen habe ich am Samstag am Lichterfahrtfest teilgenommen und war ebenfalls Gast an der Abendveranstaltung im Hafencafé.

Bei der Veranstaltung herrschte gute Laune und allgemeines Vergnügen. Im Laufe des Abends haben wir dann auch das eine oder andere Gläschen geleert und waren guter Dinge.

Jetzt will ich einmal zum heiklen Punkt kommen. Auf der Party habe ich mich dann auch angeregt mit Frau van Basten unterhalten. Wir kennen uns schon eine ganze Weile durch mein Fitness- und Trainingsprogramm.

Als Personaltrainerin sorgt sie durch individuelles Training dafür, dass ich gut in Form bleibe und in Anbetracht eines hohen Arbeitspensums und ständig sitzender Tätigkeit mit Stressbelastungen meine Aufgaben erfüllen kann. Durch die wiederholten persönlichen Kontakte sind mir allerdings auch die weiblichen Reize von Frau van Basten nicht verborgen geblieben, man kommt sich ja bei manchen Behandlungen auch körperlich sehr nah.

Im Gespräch hatte ich erfahren, dass Frau van Basten im Hotel für die Nacht ein Apartment gemietet hatte damit sie nicht mehr durch Nacht und Nebel nach Steinfurt fahren musste, zusätzlich hatte sie ja auch ein wenig mit uns getrunken. Zu fortgeschrittener Stunde fühlte ich mich zu Frau van Basten sehr hingezogen und wurde von ihr durchaus zu weiteren Schritten ermuntert.

Sie fragte mich dann auch ganz unverblümt, ob wir nicht den schönen Abend noch ein wenig in trauter Zweisamkeit gemeinsam fortsetzen wollten. Ein solch charmantes Angebot war dann für mich zu verlockend und wir sind gemeinsam in ihr Hotelzimmer gegangen.

Weitere Einzelheiten finde ich jetzt zu privat und sind auch für ihre Untersuchungen sicher nicht relevant.

Nach leidenschaftlichen Momenten bin ich dann einmal ins Bad gegangen und fand Frau van Basten nach meiner Rückkehr sehr aufgebracht vor.

Ohne weitere Begründung sagte sie nur kurz, dass sie jetzt sofort das Zimmer verlassen möchte, und bat mich noch, dieses ebenfalls zu tun. Nachdem ich erst einmal etwas verstört war und mich angezogen hatte habe ich mich dann an der Rezeption gemeldet und ein Taxi rufen lassen. Das war dann auch bald da und ich habe mich von dem Fahrer nach Hause fahren lassen.

Im Laufe des gestrigen Tages habe ich dann von dem Todesfall in der Nähe gehört aber keinerlei Zusammenhang mit unserer Veranstaltung gesehen.

Der eigentliche Anlass weswegen ich jetzt heute Morgen bei Ihnen bin, liegt darin begründet, dass ich gestern Abend ein kurzes Video auf mein Handy eingespielt bekommen habe. In diesem Video sind Bettszenen zwischen Frau van Basten und mir klar ersichtlich.

Ich habe keine Ahnung, wer mir dieses Video geschickt hat.

Es gab aber eine zusätzliche schriftliche Mitteilung, dass ich in der bereits terminierten Ratssitzung die richtigen Empfehlungen bei der Ausschreibungsvergabe für das Dinkel-Center geben solle, wenn mir meine Ehefrau und Familie sowie meine berufliche Position etwas bedeuten würde.

Bei Fehlentscheidungen in der Ratssitzung müsste ich mit einer Veröffentlichung des Videos rechnen."

„Das ist ja ein klarer Fall von Erpressung" entfuhr es Terry und sie war wirklich sehr aufgebracht. „Es ist gut, dass sie direkt zu uns gekommen sind, weil wir ja noch nach Verbindungen oder Zusammenhängen bei der Untersuchung unseres Todesfalls suchen.

Bitte geben Sie uns zunächst einmal ihr Handy für eine kriminaltechnische weitergehende Untersuchung. Wer allerdings so skrupellos wie in diesem Fall vorgeht, der wird sicher auch technische Möglichkeiten der Verschleierung kennen.

Für die moralische Bewertung ihrer amourösen Begegnung fühlen wir uns definitiv nicht zuständig, müssen uns jedoch jetzt dringend um eine Vernehmung von Frau van Basten kümmern.

Bitte vermeiden Sie jeden Kontakt zu ihr und melden sich sofort bei uns, wenn es zu einem neuen Kontakt zu den Erpressern kommt."

Kapitel 11

„Lass uns mal kurz überlegen, wie wir weiter vorgehen wollen. Ganz dringend müssen wir jetzt Frau van Basten einen Besuch abstatten. Leider liegen uns aber die Ergebnisse der Spurensicherung aktuell noch nicht vor. Wir hinterlassen hier eine Nachricht, damit wir auch unterwegs per Handy sofort über Ergebnisse informiert werden können. Lass uns bitte getrennt fahren, damit wenigstens einer nach Münster zu Prof. Birwe weiterfahren kann, um die Ergebnisse der Obduktion mit ihm besprechen zu können. Außerdem wird dort das Ehepaar Horstmann aus Bielefeld erwartet. Sie sollen ihre Tochter Melanie identifizieren und sich von ihr verabschieden können."

„Ok., wir fahren dann zur Praxis van Basten nach Steinfurt und ich hoffe, wir kommen dort große Schritte bei der Aufklärung des Falles voran. Ich bin ja sehr gespannt, was für eine Geschichte sie uns erzählt, wenn wir sie mit den Aussagen des Stadtbaurates konfrontieren und ich werde ihr Auto ganz genau anschauen. Dann geht es also mit getrennten Fahrzeugen los."

Nach 20 Minuten standen sie vor dem Praxisgebäude. Angesichts der zahlreichen Titel von Frau van Basten waren sie dann doch enttäuscht als sie vor dem älteren Gebäudekomplex standen. Das Gebäude wirkte schon etwas unmodern und heruntergekommen.

Sie betraten das Gebäude und wurden an der Rezeption sehr herzlich empfangen. Im Inneren des Gebäudes war offenbar doch modernisiert worden und durch einen freundlichen Empfang hellte sich ihre Stimmung auch gleich auf.

„Wir sind von der Kriminalpolizei, mein Name ist Frau Westhues, mein Kollege heißt van Reef. Wir möchten gern Frau van Basten jetzt gleich sprechen."

„Dann kommen Sie doch bitte direkt mit in das Büro der Chefin. Ich sage Bescheid, sie ist gerade noch in einer Behandlung, wird aber so schnell wie möglich zu Ihnen kommen."

Es dauerte auch nur einen kurzen Moment bis die Therapeutin etwas abgehetzt wirkend zu Ihnen ins Büro kam.

„Es tut mir leid wenn ich noch etwas verschwitzt bin, aber ich komme unmittelbar von einer anstrengenden therapeutischen Behandlung."

Terry musterte die junge Frau und entschloss sich dann, diese unmittelbar mit den Aussagen von Herrn Storch zu konfrontieren.

„Frau van Basten, wir benötigen ihre Aussage zu den Vorfällen am Samstagabend. Es dürfte Ihnen ja inzwischen bekannt sein, dass es in der Nacht in der Nähe des Hafencafés zu einem ungeklärten Todesfall gekommen ist. Wir haben eine Aussage und Augenzeugen, dass sie das Apartmenthotel nachts abrupt verlassen haben. Bitte erklären Sie uns, was sie zu der plötzlichen Abfahrt veranlasst hat und was danach passiert ist."

„Wenn sie eine Augenzeugin haben werden sie vermutlich auch wissen, dass ich mich nicht allein in dem Apartment befunden habe. Im Hotelzimmer befand sich auch Herr Storch, der mir persönlich schon länger bekannt ist und mit dem ich nach einem schönen Abend noch weitere gemeinsame Stunden verbringen wollte. Leider ist es aber zwischen uns plötzlich zu einem Streit gekommen der mich veranlasst hat, trotz der widrigen äußeren Umstände die Fahrt nach Hause anzutreten."

„Worum ging es denn in diesem Streit?"

„Das war ein ganz persönlicher Anlass. Offenbar hat Herr Storch in unserer kleinen Affäre mehr gesehen als ich und fing an, Ansprüche an mich zu stellen."

„Kann es nicht sein, dass sie ihre sexuelle Anziehungskraft auch mit anderen Motiven verbunden haben?"

„Ich weiß nicht, wovon Sie reden."

„Frau van Basten, die Situation ist sehr ernst für Sie. Herr Storch hat gestern Abend ein Video zugespielt bekommen, auf dem sie beide in eindeutiger Situation im Hotelzimmer zu sehen sind. Es dürfte Ihnen außerdem bekannt sein, dass Herr Storch in wenigen Tagen im Stadtrat über die Vergabe des Ausschreibungsverfahrens zum Dinkel-Center federführend mitentscheiden wird. Wir vermuten, dass ihre Verabredung also nicht ganz zufällig war, sondern sie Mitwisserin und Helferin in einem Erpressungsfall sind."

„Nein, das stimmt ganz und gar nicht. Die ganze Geschichte ist doch völlig anders. Ich bin doch hier selbst ein Opfer. Wie man ja draußen unschwer erkennen kann entspricht unser Gebäudeensemble hier nicht mehr den heutigen Anforderungen unserer Patienten und Kunden. Bei der Prüfung von Umbauarbeiten zur Neugestaltung in Steinfurt habe ich vor einiger Zeit den Bauunternehmer Geerd Gerwens kennengelernt. Bei unseren Vorgesprächen hatte er dann auch von seinem großen Coup in Gronau erzählt. Dort wolle er eine bedeutsame Rolle bei der Errichtung des Dinkel-Centers spielen. Für den großen Bereich der Euregio-Therme mit angeschlossener Rehabilitationseinrichtung sowie Sport- und Fitnessräumen suche er noch einen kompetenten und leistungsfähigen Partner.

Wir haben dann diese Idee gemeinsam vorangetrieben und ich bin durchaus geneigt, die Herausforderung unternehmerisch anzunehmen und meine Aktivitäten voranzutreiben.

Im Laufe unserer Geschäftsbeziehung hat Herr Gerwens allerdings auch mitbekommen, dass ich mich derzeit nach Änderungen bei der Osteopathievergütung in wirtschaftlichen Schwierigkeiten befinde und hat mich unterstützt, um später mit mir größere Geschäfte machen zu können.

Das war ja erst einmal für beide Seiten ganz nützlich.

Ganz nebenbei hatten wir in unseren Gesprächen auch einmal kurz erwähnt, dass mir aus meiner Tätigkeit als Personal-Trainerin auch der Stadtbaurat Storch persönlich bekannt ist und wir uns ganz gut verstehen.

Ergänzend hat Herr Gerwens mich dann auch dazu ermuntert, Herrn Storch näher kennen zu lernen. Zunächst habe ich gedacht, es ginge ihm darum, ausschließlich gute Informationen aus den Stadtentwicklungsplänen zu bekommen.

Jetzt weiß ich es aber besser.

Da sie mich hier beschuldigen, aktiv an einer Erpressung teilgenommen zu haben, möchte ich denn doch etwas Genaueres zu Samstagnacht sagen.

Geerd Gerwens war auf dieser Veranstaltung in Begleitung von Arjen Mijers, den er mir als Sicherheitsberater vorgestellt hatte.

Später stellte sich dann für mich heraus, dass Herr Mijers allerdings eine zwielichtige Gestalt ist und mit zweifelhaften Methoden arbeitet.

Es war ja im Hotel bekannt, dass ich mir ein Zimmer genommen hatte. Die Angestellten werden auch mitbekommen haben, dass ich gemeinsam mit Herrn Storch in das Apartment gegangen bin. Dort haben wir uns vergnügt und geliebt und ich hatte gedacht, damit sei ein schöner Tag gut zu Ende gegangen. Vom Bett aus sah ich dann aber plötzlich ein kleines blinkendes rotes Licht am Rande eines Wandbildes.

Herr Storch befand sich zu diesem Zeitpunkt im Badezimmer und ich bin dann kurz aufgestanden.

Bei genauerer Untersuchung des Bildes habe ich dann feststellen müssen, dass sich dort eine Minikamera befand, die genau auf das Bett ausgerichtet war. Da habe ich mir sofort ausmalen können, dass hier Sexaufnahmen gemacht werden sollten.

Nur einen kurzen Moment später bemerkte ich ein Geräusch an der Eingangstür und unmittelbar darauf stand Herr Mijers im Raum und entriss mir die Minikamera aus meiner Hand. Er hatte wohl die Entdeckung im Hotelzimmer auf einem Monitor live mitverfolgt und hatte sofort eingegriffen.

In dieser Situation erfasste mich die blanke Panik. Ich schnappte mir schnell meine Kleidungsstücke.

Als Lukas Storch dann aus dem Bad zurückkam schaute er mich fragend an und wusste gar nicht was gespielt wird. Ohne weitere Erklärung bin ich dann durch den Flur zur Rezeption gelaufen und habe mich dort abgemeldet.

Auf dem Hotelparkplatz habe ich mich dann noch umgeschaut, ob eventuell Herr Mijers versteckt auf mich wartete.

Das war aber nicht der Fall und ich bin zu meinem roten Mazda gegangen und habe ihn gestartet. Obwohl ich am Abend ja auch etwas Alkohol getrunken hatte fühlte ich mich durch den Vorfall völlig ernüchtert und fahrtüchtig.

Mein Verhalten war wohl sicher nicht in Ordnung.

Bei der Ausfahrt vom Parkplatz wurde mir auch sofort bewusst, dass die äußeren Bedingungen mit Nieselregen und Nebel sehr ungünstig für eine Rückfahrt nach Steinfurt waren.

Aber jetzt gab es kein Zurück mehr und ich wäre ja am liebsten im Boden versunken. Wie sollte ich die Situation denn Lukas Storch erklären?

Wie sollte ich denn ahnen, dass aus einer freundlichen Bettgeschichte plötzlich eine handfeste Erpressung werden könnte?"

„Frau van Basten, wir möchten uns jetzt bitte ihr Auto näher anschauen."

„Ja gerne, kommen Sie doch bitte mit zum Carport, da steht mein Wagen."

Lou, der sich mit technischen Dingen besser auskannte, ging bereits voran und hatte sich den Wagenschlüssel aushändigen lassen.

Auf den ersten Blick war allerdings kein Lackschaden an der Karosserie sichtbar und auch die Scheinwerfer und Blinker waren vollständig intakt. Sollte sich allerdings nach den kriminaltechnischen Untersuchungen herausstellen, dass das Fahrzeug als Unfallfahrzeug infrage käme, würden sie es beschlagnahmen und genauestens inspizieren.

Unmittelbar nach der Autoinspektion erhielt Lou einen Anruf auf seinem Handy und sein Gesicht verriet schon, dass es um die Übermittlung wichtiger Informationen ging.

Sie baten Frau van Basten, schon einmal zurück in ihr Büro zu gehen, sie würden bald nachkommen.

„Ich hatte gerade unsere Kriminaltechniker am Telefon. Sie haben am Fahrrad der jungen Frau schwarze Lackspuren nachweisen können. Die Lackbeschaffenheit wird beim Autohersteller Audi für die dortigen SUVs verwendet. Auch die am Unfallort gefundenen Glassplitter vom Scheinwerfer können diesem Fahrzeugtyp zugeordnet werden."

Damit dürfte Frau van Basten hinsichtlich des Unfalls von Melanie Horstmann erst einmal aus dem Schneider sein. Allerdings warteten aber weitere Vernehmungen zu den Themen Erpressung und Korruptionsversuch auf sie. Ebenso dürften alle weiteren Ambitionen für ihre berufliche Expansion in das Dinkel-Center Gronau beendet sein.

Sie gingen dann gemeinsam noch einmal in die Praxis und besprachen die neue Situation mit Frau van Basten.

Insbesondere untersagten sie ihr jeglichen Kontakt zu Bauunternehmer Geerd Gerwens und unterstrichen, dass Sie sich für weitere Befragungen zur Verfügung halten müsse.

Immerhin waren sie jetzt doch einige Schritte in ihrer Untersuchung weitergekommen. Nach kurzer Abstimmung beschlossen sie, dass sie sich aufteilen wollten.

Terry würde weiter fahren zur Rechtsmedizin nach Münster und sich dort nach den Untersuchungsergebnissen von Prof. Dr. Birwe erkundigen und dort auch die Eheleute Horstmann treffen.

Lou würde direkt in ihre Einsatzzentrale nach Enschede fahren. Schon vorab würden die Kollegen des GPT dort die Fahrzeuge von Geerd Gerwens und Arjen Mijers überprüfen, ob diese möglicherweise einen schwarzen Audi SUV in ihrem Besitz hätten.

Kapitel 12

Und wieder einmal ging es für Terry auf die B 54, jetzt in Fahrtrichtung Münster.

Ohne weiter nachdenken zu müssen war ihr bewusst, dass sie kurz vor der Raststätte bei Altenberge wegen der dortigen stationären Radarfalle aufpassen musste. Das war ihr aber derart in Fleisch und Blut übergegangen, dass sie noch nie auffällig geworden war.

In Münster selbst kannte sie sich ja auch bestens aus und würde das Institut für Rechtsmedizin sofort finden. Schwieriger wäre es wohl, dort in der Nähe um diese Zeit einen Parkplatz zu finden.

Zunächst einmal würde sie das Gespräch mit Prof. Birwe suchen, um danach für die Fragen der Eheleute Horstmann gut vorbereitet zu sein.

Es war immer wieder ein beklemmendes Gefühl in dieses Institut zu gehen. Auf der anderen Seite gehörte es fest zu ihren Aufgaben, Todesumstände zu klären und Beweise zu sichern.

Dazu bedurfte es eben der genauen Analyse durch rechtsmedizinische Experten.

Darüber hatte sie auch schon öfter mit ihrem Vater gesprochen. Der hatte ihr immer klargemacht, dass im Arztberuf auch die Leichenschau eine Grundsatzaufgabe war. Nur so konnten unklare Krankheitszustände oder Todesumstände geklärt werden. Aus seiner Sicht waren Obduktionen unabdingbarer Teil einer ärztlichen Qualitätssicherung und dienten auch der Patientensicherheit und der Beseitigung von Zweifeln bei fragenden Angehörigen.

Als langjährig praktizierender Rehabilitationsmediziner hatte er allerdings in seinem Fachgebiet normalerweise mit der Rechtsmedizin nichts zu tun. Prof. Birwe und er waren sich durch Begegnungen im Ärzteverein Münster und auch durch verschiedene Fortbildungsveranstaltungen eher flüchtig bekannt.

Im Institut ging sie zunächst zum Sekretariat des Institutsleiters und meldete sich an.

Nach nur kurzer Wartezeit wurde sie in das Büro des Professors vorgelassen. Dort saß er in seinem frischen weißen Kittel und versuchte offenkundig durch zahlreiche Urkunden und Auszeichnungen an der Wand seine Besucher zu beeindrucken. Sie selbst wäre allerdings eher beeindruckt durch klare Aussagen im Fall Melanie Horstmann.

„Guten Tag Frau Westhues, sind Sie nicht die Tochter von Dr. Westhues, dem geschätzten Kollegen und Rehamediziner aus Telgte?"

„Ja, das stimmt, mein Vater ist aber bereits im Ruhestand und nur noch in seiner Privatpraxis tätig."

„Schön, dann grüßen Sie ihn doch bitte bei Gelegenheit herzlich von mir."

„Herr Professor, was können Sie mir als Ergebnis ihrer Untersuchungen zum jetzigen Zeitpunkt schon mitteilen?"

„Unsere umfänglichen Untersuchungen möchte ich Ihnen verkürzt darstellen und mich auf das Wesentliche konzentrieren.

An der Leiche selbst haben wir zahlreiche Hämatome an verschiedenen Stellen gefunden.

Unsere Röntgenuntersuchungen zeigen eine Femurfraktur links mit starker Oberschenkeleinblutung.

Diese Verletzung war aber nicht lebensgefährlich, sie hätte damit nach rechtzeitiger Notfallbehandlung und Operation gerettet werden können. Für den Tod der jungen Frau verantwortlich ist eine schwere Schädelhirnverletzung. Äußerlich war eine Platzwunde am Hinterkopf auffällig. Es ist nach dem Fahrradsturz offenbar zu einem unglücklichen Aufprall auf einen sehr festen Gegenstand gekommen.

In der Rechtsmedizin kennen wir diese Verletzungsart als Contre-Coup-Verletzung. Bei dieser Art der Verletzung kommt es durch den Aufprall nach einem Sturz auf der gegenüberliegenden Seite der Aufprallstelle zu einer Hirnblutung. Diese Blutung resultiert aus dem Prinzip von Stoß und Gegenstoß.

Die junge Frau muss nach dem Unfall sofort bewusstlos gewesen sein und ist an ihrer Hirnblutung verstorben.

Nach der Höhe der Oberschenkelverletzung handelt es sich vermutlich um ein Fahrzeug mit höher gelegener Karosserie, wie es typisch für SUVs ist.

Die Hirnverletzung habe ich mittels MRT diagnostisch gesichert, alle Befunde werden

Sie in meinem Bericht zusammengefasst in Kürze schriftlich bekommen."

„Herzlichen Dank für Ihre präzisen Ausführungen. Ihre Ergebnisse decken sich mit den kriminaltechnischen Untersuchungen vor Ort. Am Fundort haben wir Blutspuren der Radfahrerin an einem Steinhaufen am Rande des Weges gefunden und wir fahnden derzeit nach einem SUV und dessen Fahrer. Wir sollten jetzt die Eheleute Horstmann zu ihrer Tochter begleiten damit wir formal die Identifizierung der Leiche abschließen können."

Das Ehepaar wartete schon auf Prof. Birwe und die begleitende Kriminalkommissarin.

Sie wirkten sichtlich mitgenommen und unruhig in Erwartung einer schrecklichen Situation.

Prof. Birwe nahm das Leichentuch zurück und gab den Blick auf den Kopf von Melanie Horstmann frei.

Terry war sehr froh, dass man im Institut gute Arbeit geleistet hatte und keine äußerlichen Verletzungen oder Blut mehr sichtbar waren.

Die Eheleute Horstmann nickten nur kurz und bestätigten, dass es sich um ihre Tochter handelte.

Unmittelbar darauf wollten sie jedoch den Raum verlassen. Es war für sie auch nicht wirklich tröstend gewesen, dass sie erfahren hatten, dass ihre Tochter sofort nach dem Unfall bewusstlos gewesen sein musste und nicht gelitten hatte.

Terry hatte vor der Identifizierung von den Eheleuten bereits erfahren, dass diese sich auf den Weg nach Gronau machen wollten, um sich den Unfallort noch einmal genauer anzuschauen und auch mit den WG Bewohnern zu sprechen.

Sie verabschiedeten sich voneinander.

Terry bedankte sich noch einmal für die hilfreiche Unterstützung bei Prof. Birwe.

Auf dem Parkplatz setzte sie sich in ihren Wagen und musste erst einmal in Ruhe durch schnaufen. Es war immer bitter für die Angehörigen, wenn sie einen geliebten Menschen verlieren.

Erst recht gerät die ganze Welt durcheinander, wenn es sich um ein eigenes Kind und einen jungen Menschen handelt. Leider wurde sie in ihrem Beruf auch mit solchen Schattenseiten konfrontiert.

Nachdem sie sich nach einiger Zeit wieder gesammelt hatte rief sie Lou an. Der war inzwischen aktiv in Enschede geworden und es gab erste Ergebnisse.In ihrer Zentrale hatte er Arjen Mijer vernommen. Der hatte zwar seine Anwesenheit am Hafencafé und bei der Veranstaltung gar nicht abgestritten. Alle anderen Vorwürfe wurden aber von ihm zurückgewiesen.

Wegen seines Autos gab er an, dass sein Audi Q5 am Sonntag auf dem Gelände der Bauunternehmung Gerwens gestohlen worden sei, er habe den Diebstahl am Nachmittag bei der Polizei angezeigt.

Terry und Lou einigten sich, dass Herr Mijer auf der Polizeiwache verbleiben sollte und sie sich in Enschede treffen wollten.

Kapitel 13

Jetzt ging es wieder zurück auf ihrer Hausstrecke, der B 54, allerdings in umgekehrter Richtung nach Enschede.

Sie hoffte, dass sie nach der Überfahrt über die A1 ab Nienberge frei fahren könnte zumal die gesamte Strecke danach dreispurig ausgebaut ist. Leider hatte sie aber nicht bedacht, dass tagsüber reger LKW- Verkehr herrschte. Dieser war heute besonders intensiv wegen des bevorstehenden Feiertags zum 3. Oktober.

Das würde auch bedeuten, dass sie es schaffen könnte, morgen freizumachen, wenn sie gemeinsam den Fall heute Nachmittag noch lösen würden.

Es bedeutete zudem für die Enscheder Geschäfte einen Ansturm aus der deutschen Nachbarschaftsregion, das war ihnen aber sicher sehr recht. Unter dem Begriff Westfalentag war das Phänomen an den beweglichen kirchlichen Feiertagen gut bekannt. Der 3. Oktober war allerdings ein bundesweiter Feiertag, so dass Niedersachsen als Einkaufsziel wegfallen würde.

Sie reihte sich also ein mit ihrem Dienstwagen und konnte mit nur durchschnittlich 80 km/h ihrem Ziel näher kommen.

Unterwegs überlegte sie noch was sie mit dem morgigen Feiertag anfangen wollte.

Sie würde gerne noch heute Abend zu Klaus ins Penthouse nach Münster fahren und dort die Nacht gemeinsam mit ihm verbringen. Für morgen hatten sie sich zusammen bei ihrem Vater Günter und dessen Lebensgefährtin Anja in Telgte auf ihrem Bauernhof verabredet.

Ihr Vater wusste aber auch, dass eine Planung mit Terry immer recht unsicher war wegen ihrer dienstlichen Verpflichtungen.

Das kannte er ja nur zu gut, auch als Arzt hatte er ja Bereitschaftsdienst ohne Ende geschoben. Erst in den letzten Jahren seiner Praxistätigkeit gab es ja deutliche Verbesserungen für seine Lebensqualität als der organisierte Notfalldienst in Kraft trat.

Vor zwei Jahren hatte er seine Facharztpraxis in Münster an einen motivierten jungen Kollegen übergeben und seine damalige Entscheidung nie bereut.

So sehr er auch viele Patienten vermisste, die ihm ans Herz gewachsen waren, ging es ihm andererseits ohne tägliche Verpflichtungen und die äußeren Zwänge einer kassenärztlichen Praxis deutlich besser.

Es drohten keine Regresse mehr wegen Budgetüberschreitung, wenn er mal wieder für seine Patienten zu viele therapeutische Leistungen verordnet hatte. Ebenso war er froh, keine Personalverantwortung mehr zu tragen und den Stress einer Unterbesetzung wegen plötzlicher Erkrankung irgendwie auffangen zu müssen.

Jetzt war er glücklich in seiner kleinen Privatpraxis für Trigger-Medizin, diese hatte er nach einem Ausbau der Tenne auf dem Bauernhof eingerichtet. Das war schon lange sein Hobby gewesen und durch seine langjährigen Erfahrungen gab es einen Stamm von Patienten, die bei Bedarf auch gern den Weg zu ihm nach Telgte auf sich nahmen.

Nach dem Tod ihrer Mutter vor acht Jahren nach Krebserkrankung hatten sie alle miteinander eine schwere Zeit gehabt und ihr Vater hatte sich sehr zurückgezogen.

Danach kam die Zeit, in der er seinen Ausstieg aus der Münsteraner Praxis vorbereitete.

Durchaus überraschend für Terry war dann, dass ihr Vater im Laufe der Zeit immer häufiger mit seiner langjährigen Arzthelferin Anja bei gemeinsamen Anlässen auftrat und sie dann auch auf den Bauernhof zu Günter einzog. Mittlerweile hatte sie diese neue Konstellation akzeptiert und stellte fest, dass sich die beiden wirklich bestens ergänzten.

Anja war der deutlich aktivere Part und sorgte dafür, dass ihr Vater nicht vergaß auch Freundschaften und Kontakte zu pflegen. Auch in seiner Privatpraxis hatte sie die Organisation fest im Griff.

Er liebte es deutlich ruhiger, kümmerte sich rührend um seine verbliebenen Patienten und war für die beiden Kinder ihres Bruders ein aufmerksamer Opa. Als gemeinsames Hobby hatten sie die Gartenarbeit in ihrem westfälischen Bauerngarten mit wunderschönen Buchsbaumhecken für sich entdeckt.

Ganz im Mittelpunkt des Hofgeschehens war aber der von allen geliebte Hund Bonnie.

Bonnie war wirklich ein kinderlieber Hund zum Spielen und Knuddeln.

Die Rasse der Kromfohrländer mit weißem Fell und braunen Tupfern war in den letzten Jahren immer beliebter geworden.

Er war ein Mitglied der Familie aber auch sehr lautstark, wenn es darum ging, das eigene Territorium zu sichern. Sie hatten zur Straßenseite den Zaun extra noch einmal verstärken müssen, weil der kleine Hund es ohne Rücksicht auf Verluste auch mit größeren Hunderassen aufnehmen würde um sein Revier zu verteidigen.

Sehr gerne würde sie morgen mit der ganzen Familie und Bonnie einen Streifzug durch die Emsauen machen und sich anschließend bei einem gemeinsamen Essen verwöhnen lassen.

Während sie sich noch in Gedanken den möglichen freien Tag ausmalte hatte sie schon fast die GPT- Zentrale in Enschede erreicht.

Sie fuhr auf den Innenhof auf einen zugeordneten Parkplatz und ging hoch zu Lou.

„Hallo Lou, da bin ich wieder."

„Schön, dass du gut angekommen bist."

Sie wunderte sich schon, dass Lou, was sonst gar nicht seine Art war, richtig fröhlich dreinschaute und offenbar bester Laune war.

„Lou, du hast doch was, spuck es schon aus!"

„Ich habe eine sehr gute Nachricht für uns.

Wir hatten ja gestern eine PKW-Diebstahlsanzeige von Herrn Mijer aufgenommen.

Während deiner Fahrt nach Enschede habe ich eine Mail aus Rotterdam bekommen. Den Zollfahndern war dort beim Beladen eines Frachters nach Casablanca aufgefallen, dass sich unter den in den Papieren aufgeführten Baumaschinen der Firma Gerwens auch ein schwarzer Audi Q5 befand.

Den haben sich die Kollegen einmal genauer angeschaut und dabei Lackschäden und einen defekten Scheinwerfer gefunden. Sie haben den Transport gestoppt und das Auto sichergestellt. Die kriminaltechnische Untersuchung habe ich bereits veranlasst und ich bin sicher, dass bei der Gesamtkonstellation eine Unfallbeteiligung von Herrn Mijer bewiesen werden kann.

Wir haben ihn hier erst einmal festgesetzt und beschuldigen ihn der gefährlichen Körperverletzung mit Todesfolge, unterlassener Hilfeleistung und Fahrerflucht.

Zusätzlich wird ein Verfahren aufgerollt unter Einbeziehung seines Chefs Geerd Gerwens mit den Anklagepunkten Erpressung und versuchte Bestechung von Staatsbediensteten. Das weitere Verfahren wird dann aber von der Abteilung Wirtschaftskriminalität und Korruption federführend geleitet.

Die Baufirma von Herrn Gerwens ist damit vermutlich aus dem Rennen bei der Vergabe zum Bau des Dinkel-Centers in Gronau. Allerdings hat sich hier schon ein renommierter Wirtschaftsanwalt bei uns gemeldet, der die Firma von Herrn Gerwens vertritt.

Schon in den ersten beiden Sätzen machte der Anwalt klar, dass Herr Gerwens den Beschuldigten Herrn Mijer nur flüchtig kennt. Der sei auch gar nicht sein Angestellter, sondern als freier Berater in Sicherheitsfragen zeitweise für ihn tätig.

Sollte Herrr Mijer in seiner Freizeit einen Unfall mit tragischen Folgen verursacht haben sei das allein dessen Sache und sein Unternehmen habe damit nichts zu tun.

Anschuldigungen hinsichtlich eines Erpressungsversuches seien doch reine Verleumdung. Herr Gerwens kenne Herrn Storch doch nur von geschäftlichen Unterredungen und der Charityveranstaltung.

Die Polizei habe bis jetzt keinerlei Beweise vorgelegt. Es handele sich doch möglicherweise mehr um das Drama einer außerehelichen Beziehung, diese Dinge hätten ja rein gar nichts mit dem Bauunternehmen zu tun.

Es dürfte also tatsächlich sehr schwer werden, dem eigentlich Verantwortlichen eine strafrechtliche Verantwortung zu beweisen. Allerdings kann da manchmal eine gründliche Steuerprüfung helfen.

Terry wusste aber, dass sie Herrn Mijer dingfest machen könnten und sie im persönlichen Gespräch mit den Eltern von Melanie Horstmann auf ihren Ermittlungserfolg mit der Präsentation eines Unfallverantwortlichen hinweisen könnte.

Nach diesen Nachrichten gab es erst mal einen Kaffee für das gesamte GPT- Team und dazu süßes Gebäck.

Der Fall hatte gezeigt, dass das inzwischen auf insgesamt 20 Personen aufgestockte GPT- Team mit je zehn Teammitgliedern aus Deutschland und den Niederlanden schlagkräftig arbeitete und mit gutem Teamgeist für die Euregio erfolgreich war.

MIX
Papier aus verantwortungsvollen Quellen
Paper from responsible sources
FSC® C105338